Gaea

Gaea

後。青春期的詩
Poetry of The Day After
九把刀
Giddens

推薦序

有一天，我們都將會被世界完美地馴養。

五月天 阿信

好吧。

不知道什麼時候開始，我越來越常這樣說了呢？我跟世界變得越來越和諧了。

以前看「槍與玫瑰」的MV，只要看到一頭亂髮遮著臉的吉他手Slash，站上價值百萬的平台式鋼琴上Solo，就會熱血沸騰地認定，搞搖滾樂團是我夢想的唯一歸宿。

然後，我搞了樂團，也唱過很多的歌，卻從來沒有站到鋼琴上去用力地吼幾聲。上通告的時候，我都不說太超過的話。有記者問我問題，我總是小心地作答。每次出片，一定乖乖地努力宣傳。有機會到頒獎典禮走紅地毯，我都按照主辦單位規定的路線走。參加大型表演的晚會，結尾我一定會跟其他歌手站成一排，微笑揮手。

好吧，似乎算是不賴的人生啦。

但，總覺得有那麼一點不對勁。

其實，也許只要讓我站上一次平台鋼琴，對著這個和諧的世界，吼一聲「趕羚羊草之擺」就好了吧？

有很多很難說明的感覺啊！總之看完了這本小說，我知道你會懂啦。就算你不是什麼狗屁搖滾樂手，還是倒楣小說家，我想，我們的遭遇都差不多。

小說裡，出現了一句很棒的話，那也是我們人生終將踏入的遙遠預言：

「有一天，我們都將會被世界完美地馴養。」

在那之前，我只想再爲一生一次的青春期，惡狠狠地叛逆一次。然後在大樹下挖個洞，把那些最瘋最殺最甜最痛最愛最恨的回憶，都埋進去，等待老了的時候，再好好地回味一番。

好吧，再一次就好！

推薦序

總是在回頭看的時候，我們才發現背後的風景和剛剛走來的時候感覺不同。

曾經，我們都有過許許多多的「曾經」。

曾經，我也想拒絕聯考。因爲自負地以爲自己清楚自己的未來，這些昏愚的制度根本是箝制著夢想的枷鎖。

曾經，我也被留校察看。除了過多的曠課之外，當然還有我總是跟學校老師作對的該死態度。

曾經，我心裡也有個女神。即使她就在身邊跟你說著話，但是她依然是太陽永遠都追逐不到的月亮。

五月天 瑪莎

曾經，我也用力咒罵這個世界。午夜的豆漿店總是出入著腦滿腸肥摟著成熟馬子的老男人，趁著一點醉意才有勇氣無趣而大聲地咒罵公司的上司和同事。

曾經，我也以爲音樂就可以改變世界。因爲深夜K書時候的披頭四和迪倫伯總是讓我感動流淚發憤圖強，而他們改變了這世界何止一個世代的年輕人。

曾經，我根本就不覺得我需要回頭看這些曾經，這些荒唐無趣、疑惑慘綠的曾經。我只想要無所忌憚地往前衝，我只想要拋頭顱灑熱血然後和平奮鬥救中國。

曾幾何時，現在我們卻擁有越來越多的「曾幾何時」。

曾幾何時，我總是得經由別人的提醒，才能知道今天的日期以及接下來的行程到哪裡。

曾幾何時，我得在深夜一個人開著車回家的夜裡，非常努力地才能每天都提醒自己，哪一個自己才是眞正的自己。

曾幾何時，我看著槍流彈雨驚心動魄的新聞頻道，居然也開始懷疑音樂到底是不是眞的改變了世界，或者音樂只是節目廣告那個六十秒短版的消耗品。

曾幾何時，我以爲愛情只能活在深夜偶爾灼傷的回憶裡。女神依然在心中那個屬於她的角落，但事實上她已經繞過了半個地球換了幾個男友，然後現在只能偶爾吃個飯聊個天就像是所有多年不見的普通朋友。

曾幾何時，我以爲自己跑得很快，跑在童年的很前面，甚至超過了青春期一大截。而現在卻不知道往哪裡狂奔去，卻也忘記了自己從什麼地方跑來。

但是我仍然相信著，一切的一切，絕對都還沒有糟糕到三條命都死了然後只能再乖乖地掏出口袋裡那最後五塊錢接關的地步。

音樂還沒有死去，只要樂器還在。
自己還沒有忘記，只要信念還在。
愛情還沒有逝去，只要勇氣還在。

未來還沒有過去，只要今天還在。

青春期還有過去，只要夢想還在。

而現在的現在，先跟九把刀的第一章開始，我們一起大聲地狂吼：

「去你媽的頭版」！

後。青春期的詩

目錄

不要害怕你不相信的東西！

CHAPTER 1

去你媽的頭版

三十歲生日的那天，我收到一份不得了的「大禮物」。

全台灣銷售量最大的水果日報頭版新聞上，我的照片佔了三分之一。

這年頭能夠霸佔頭版的新聞大概都不是什麼好事，塞恁娘的標題上一句「新銳作曲家流星街，控高中生抄襲！」斗大印在上面。只一個早上，我就接到十幾通來自各大報、各家記者的電話。

喂喂。

怎麼你們這些記者平常都在幹剿專拍屍體的水果日報沒水準，卻老是要跟在他們胡扯的新聞後面，一邊喘一邊跑？

「想請問一下流星街，你對評審季蘭老師在報紙上說，黃姓學生在比賽中得獎的歌，雖然是模仿之作，但曲子根本就寫得比你好，抱持什麼看法？」

「另一個評審心心，對你私下去學校找黃姓學生懇談這個作法覺得很不以爲然，覺得模仿並不是抄襲，並嚴厲批判你沒有身爲一個暢銷作曲家的度量，你會因此不滿嗎？」

「是不是可以稍微說明一下，你對主辦第四屆台北校園歌唱大賽的印刻唱片公司，表態認爲黃姓高中生拿模仿你的歌曲寫出來的歌，依舊保有得獎資格，有沒有打算進一步採取法律行動？」

「水果日報說你要告高中生，到底是不是眞的？」

在這個年頭，保持沉默等同承認報紙上寫的一切，幹我做不到。

再也無法信任記者的我，爲了澄清那些鬼扯，還是得打起精神站在鏡頭前把事情原委說了一遍。每個報紙記者打電話問我，我也沒選擇，也只能用最誠懇的語氣把說了十幾次的事情再說一遍……

「從頭到尾我都沒有要告那個學生，是水果日報婊我。」

「是的，我覺得是抄襲。」

「爲什麼是抄襲？兩首歌一前一後拿出來聽就知道了。」

「請問這個世界上，有沒有比私下找抄襲者懇談還要溫柔的作法？」

「如果那些評審敢說沒抄襲，請看著我的眼睛說。」

只是到了晚上，打開電視，看見記者剪輯出來的那個我所說的那些話，統統不是重點，淨剪些我義憤填膺的表情大做文章。

我差點對電視做出高難度的飛踢。

隔天買了報紙，水果日報做了一份澄清錯誤報導的新聞，但版面只有一個屁眼大，裡面一句「據了解，新銳作曲家流星街並無打算控告黃姓高中生」連鬼都不會注意到。

這個世界是怎麼了？難道大家都對真相不感興趣嗎？

報導錯了，隨便晃點一下就可以打混過去嗎？

連續好幾天，我的網誌裡每天都湧進了八萬多人次，不曉得是來關心我，還是來研究我這邊的「單方面說法」。但我想大多數只是來欣賞我咆哮的樣子。

也許是自作自受。

寫歌也寫了八年，說我是新銳作曲家實在是有點不敢當。寫久了，我原本以為自己相當熟悉這個圈子的運作，甚至還認為許多創作的前輩們也很欣賞我這個拿命寫歌的臭小鬼，但一下子，那些「自以為」原來都是我的「誤以為」。

那些日子我每天盯著網路超過十六個小時，一直按著網頁左上角的重新整理，一直回應網友留言，一直按下一頁，偶爾罵一聲幹，幸運的話稍微點頭自言自語說本來就是這樣啊謝啦……然後不斷不斷不斷不斷不斷重複以上該死的步驟。

這樣好嗎？

當然糟糕透頂，如果我是女生，現在月經一定亂到不行。

為了回歸正常生活，我試著不解釋，試著暫時忘記印刻唱片公司私下跟我說的那些噁心至極的話，試著乾脆將網路線拔掉——直到我接到下一通記者訪問後續發展的電話，一切又重新倒帶開始。

我想我已經罹患了，逢人就想把事情真相講清楚的「澄清狂」。

電影《黑暗騎士》裡蝙蝠俠的一句對白：「是的，小丑的確抓住了我的弱點——蝙蝠俠不能被誤解！」我總算是明白那句對白的心境。

原來我不是像自我想像裡的天不怕地不怕，幹，我的要害還真明顯。

「星仔，早點睡，多睡幾次事情就過去了。」

第四天，媽在電話裡擔心地說。

「媽，我不甘心。我真的沒有錯！」

我這麼說的時候，正打開冰箱讓自己冷靜一下。

媽說的沒錯，多睡幾次事情就會過去，只是我暫時還辦不到。

這幾天嚴重缺乏睡眠，加上過度注視電腦螢幕，我的頭像是被塞了塑膠炸藥，痛得要命，想乾脆關上電腦去睡，但一想到那些主導歌唱比賽的老前輩老評審是怎麼婊我的，我就像是開啓自動模式一樣，睜開眼，起身走到電腦前面，繼續在網路上宣洩我的憤怒——他媽的這個世界上沒人抄你們的歌就裝得一副不痛不癢的假清高。

到了第五天，下午起床我刷牙的時候，發現牙膏怎麼味道怪怪的。

一看，才發現我擠錯了東西當牙膏。

但到底我是擠了洗髮精還是沐浴乳在牙刷上？

還是……刮鬍膏？

我舔了舔，分辨不出來，嘴裡充滿晝夜煎熬的口臭，味蕾暫時喪失功能。

就在我對著鏡子，仔細研究塞爆眼睛的幾千條血絲時，放在桌上的手機響了。

唱片公司？還是記者？媽？

還是……上個月剛剛好分手的小惠？

我猜是小惠打電話過來，表面上安慰我，實際上則是試探性問我復合的可能性。我忐忑不安地含著牙刷走出浴室，希望小惠不要給我來這套……我現在太虛弱了，說不定一個鬼上身就會說好。

拿起手機一看，原來是肥仔龍。

「陳國星，幹你上頭條了耶！」肥仔龍給我用吼的，還用恭喜的語氣。

「幹。」我簡潔有力地將牙刷吐了出來。

「頭條超炫的啦，不過我是要問你，于筱薇的婚禮你去不去啊？」

「……于筱薇要結婚了？」我腦子一下子醒了。

十幾年前，于筱薇可是我們這群人的女神。

現在女神要降級成人妻了，想去婚禮揍新郎的老朋友一定很多啊。

「咦？你沒收到帖子喔？」肥仔龍有點意外。

「沒啊，大概于筱薇寄到我彰化老家了吧，我兩個多月沒回去了，我媽從來也不管我的信。不管，婚禮是什麼時候？」

「就這個禮拜天啊，中午十二點在台中新都飯店。大家都會去！」

「是喔……本來就一定要去的啊。于筱薇耶，一定要動手打新郎的啊。」

「那說定了啊，老同學自己一桌。我會帶球棒，剛剛森宏說他要帶鏟子。你弄得到流星鎚嗎？」

「那我帶火把去好了。」

掛掉手機，回到浴室重新擠了正常的牙膏。

這大概是我這幾天講過最正常的一通電話了，心情有點好。

包括肥仔龍，我們這幾個死黨從國中就同班了，到了高中都還唸同一間學校，彼此的班級都靠在同一條走廊上，想不熟都有難度。

我們熟的原因裡，有一點特別殘忍。就是我們對女孩的品味過度重疊。

想當年我們都在喜歡于筱薇，原本大家爲此比了十幾次腕力、打了三次架，最後爲了義氣約好了通通都不准追，卻還是暗中各自進行千奇百怪的追求行動。

到了最關鍵的高三，大家不約而同將誓言沖進馬桶，卯起來向于筱薇求愛。

我寫了生平第一首歌，在畢業旅行的晚會上，紅著臉當著五百人的面把歌給唱完。從頭到尾我都不敢看于筱薇一眼，頭低低的，假裝很深情，其實很想死。

「這首歌，獻給我這輩子最喜歡的女孩。」當時我還來一段假哭。

快聯考了，全高三在圖書館晚間自習時，肥仔龍每天晚上都會在校門口的那家老王香雞排，買一塊雞排從桌子底下偷偷傳給于筱薇，沿途還經手了兩個班。

「于筱薇，這塊……雞排給妳。」肥仔龍只能說出這種等級的話。

木訥的森弘雖然矮，但打籃球時常常慘電那些比他高一個頭的人。在忠班對和班的籃球對抗賽中，森弘每投進一顆球，就會朝于筱薇看一眼。

「……」然後，森弘會裝模作樣地撥一下頭髮，吹起一陣頭皮屑。

唸書超強的楊澤于，則在高三最後一次模擬考的時候，在每一科考卷上的姓名欄，都寫上于筱薇的學號跟名字，造成超級大的轟動。

最後學校王教官還在朝會時公開訓了楊澤于一頓，說什麼成績好又怎樣。

「我一定會帶人打你。」楊澤于恨恨地對王教官說。

田徑社的西瓜跑得很快，放學時于筱薇搭校車回大竹，西瓜就會在校車後面衝刺。遇上紅燈，校車停住，西瓜還會站在校車旁邊喘氣裝癡情，搞得整台校車的人都知道西瓜在喜歡于筱薇，還鼓掌大聲叫好。

後來校車司機怒了，叫教官警告西瓜不要再跟著校車跑了，那樣很危險。

但西瓜反而越跑越快……

花招盡出。

幾年過去了，終究還是沒有人追到我們的女神。

肯定是因爲都沒有人追到于筱薇的關係，所以大家這幾年雖然比較少聯絡，可感情還是很好，每次過年都還是會聚在一起，連打好幾天麻將徹底糜爛一下。只是我們之間的話題，還是常常繞著于筱薇打轉。

半年前一個晚上，于筱薇打電話給我。

「恭喜你囉，成就不凡呢。」于筱薇的聲音聽起來很開心。

「啊？」我故意裝作不知。

「我看報紙，你入圍了金曲獎最佳原創曲啦，你眞的很讓人驚訝耶！」

「有那麼棒啊？哈哈，要不是當年寫了第一首歌給妳，我還不知道自己會寫歌咧。」

「所以囉，要是眞的得獎了，記得請我吃飯啊！」于筱薇笑得很開心。

「那……一邊吃飯，我一邊再追妳一次怎樣？」

我故作玩笑，卻很認眞。

電話那頭的于筱薇頓了一下。

原本我以爲我終於得到女神垂青了，沒想到于筱薇沉默過後，用很幸福的聲音告訴我她新交了男友，兩人感情穩定，已在籌備婚禮。

她說我是最重要的朋友，一定要來她的婚禮，看她當新娘的樣子。

「眞的假的，喔原來如此，恭喜啊，聽起來很棒啊，新郎一定是個很厲害的人吧……」我胡亂拼湊出一些言不及義的祝福。

掛掉電話後，我悵然所失在陽台上對著月亮乾掉了六罐啤酒，連續寫了三首歌。

果然人在失戀的時候靈感會像洪水爆發，塡補剛剛失去的所有。

今天是禮拜五。

再過兩天，當年所有的笨蛋又將聚在一起吃吃喝喝。

「紅包要包多少呢？」我對著鏡子，吐出一堆泡沫。

都追了這麼多年，六千？

不，連手都沒牽過，還是三千六吧！

打開冰箱，正好那些冷凍義大利麵連一條都不剩，是該出去補貨了。

等一會走在遠離網路、接近陽光的大街上，我應該會更清醒些吧！

CHAPTER 2

拿著鏟子的婚禮

高鐵眞的很快。

以前在台北唸大學的時候，差不多是兩個禮拜回彰化一次。搭統聯都用很累的姿勢在睡覺，搭自強號的話最快也要三個小時，一點也不強。

想省錢跟女友約會看電影的話，我就會搭四個多小時的復興號，心想：不管花多久時間，反正最後都會回到家，在火車上慢慢寫歌也不算浪費時間啊。

我寫給螺旋樂團的第一首歌〈發瘋的紅色月亮〉，就是在從彰化開往台北的復興號上寫出來的。

寫到最後，鐵軌上的蹦鏘蹦鏘聲還變成了那首歌的背景節奏，因爲那已經是〈發瘋的紅色月亮〉創作情緒裡，不可或缺的一部分。

現在從台北火車站到台中烏日，也不過一個鐘頭而已，什麼歸心似箭的感覺都恍惚了。想在高鐵車上寫歌，不管是譜曲還是填詞，感覺來的時候也差不多到站了。

這麼方便，卻變成一個月只回家一趟，實在不能小看人生的變化。

這陣子不想跟人類互動，所以我搭了沒什麼人坐的商務艙。

將票放在隔壁桌上，戴上耳機，其實什麼歌也沒聽，只是想保護自己。效果有限就是了。

「請問你是……流星街嗎？」高鐵上，推著食物車的服務小姐瞪大眼睛。

「嗯。」我微微點頭，卻沒有將耳機拿下來。

「請問要喝熱茶、咖啡，還是……」服務小姐看起來有點興奮。

「給我礦泉水就可以了，謝謝。」我迅速擠出一個微笑。

在以前，我都很大方跟認出我的人聊天，現在我多了很多份不知所措的靦腆。

原因自然是那份頭條。

不管我的網誌再怎麼澄清，都打不過婊我一天頭條的水果日報的銷售量，我不知道這個服務小姐認出我的瞬間是不是聯想到那件事、會不會受了雞巴報導的誤導，這個自我想像讓我很不舒服。

閉上眼睛，腦子裡一片黑，腳底下也不再有鐵軌聲蹦蹦蹦的旁白。

從烏日站轉搭電車回彰化，放下行李。

遛了快不認識我的狗，吹口哨逼牠尿尿後，就開著老爸的車到新都飯店。

新郎家裡不知道是幹什麼的，應該很有錢，婚禮排場挺大，開了四十幾桌。

婚禮還沒開始。給了紅包後，我在門口翻了一下擺在桌上的婚紗照。

這幾年我在各大喜宴上看過的婚紗照千篇一律，就算是那些大明星、暢銷歌手的婚紗照也是大同小異，風景美，燈光佳，角度漂亮，但好像只是把男主角跟女主角的臉挖起來、換上新郎新娘的五官罷了。Photoshop王道啊。

只不過，跟真正超美的于筱薇比起來，要娶她回家的那個人真是格格不入。

哈。

看在我們這些追過于筱薇的人眼中，還真的是除了自己，誰都配不上她哩。

「喂，幹嘛眼中充滿敵意啊？」

一個女生走近婚紗照，在我旁邊翻了翻。

我撇頭，果然是阿菁。

大概有兩年沒見的她，爲了婚禮罕見地穿了短裙跟高跟鞋，還真有點不一樣。

「哪有。」我隨口說，卻又立刻承認：「……好吧，充滿敵意就是我最好的祝福。」

「嘖嘖嘖，嘖嘖嘖。」阿菁繼續翻著婚紗照，沒有看我一眼：「男人嫉妒起來，就算是知名作曲家也很沒品嘛。」

「對啦對啦妳最強啦。」

我偷瞄了一下阿菁的小腿，便先走到人聲鼎沸的婚禮大廳。

不用帶位，順著最吵的聲音走過去，幾個老同學自然就坐到一桌。

用力迎接我的，還是那雞巴新聞。

「陳國星，沒想到你已經可以上頭條了！太強了吧！」歐陽豪高高舉手。

「最好是這樣啦。」我沒好氣地說，選了個空位坐下。

我的左手邊坐著肥仔龍，右手邊坐著歐陽豪。

歐陽豪順手幫我倒了杯烏龍茶，笑笑說：「我有去你的網誌上看，原來就是你被那些寫歌只能寫給鬼聽的評審婊了啊……安啦，大家都看得出來你是裡面最雖小的，也都看得出來那些評審只是看不爽你寫的歌很受歡迎，所以藉著比賽故意婊你啊。過幾天大家就會忘記了啦！」

此時阿菁也走了過來，坐在我對面。

「忘個屁，我這幾天過得跟鬼一樣。」

我拿起杯子，掃視了一下同桌的老友。

愛吃雞排到乾脆賣起雞排的肥仔龍。賣了我一台蘋果筆記型電腦的阿克。幾年前因為車禍斷了一隻手的柯宇恆。因為想要合法打人於是去考警校的阿菁。據說在台北開了一間盆栽店、但實際上沒人知道他在做什麼的歐陽豪。在中山路三段賣福斯汽車的業務西瓜。在家裡火鍋店幫忙的清源。回到學校教書的如君。

沒看見的，至少也有三個。

在美國唸經濟學博士的楊澤于，沒理由為了一個婚禮搭十幾個小時的飛機回來。在中華電信上班的森弘超龜速還沒有到。而柏彥，則是永遠不會來了。

開始上菜了，大家的杯子裡也斟滿了烏龍茶。

「那麼……敬柏彥。」我舉起杯子。

「今天是婚禮耶，敬什麼柏彥啊？」阿菁瞪著我。

「白痴，有點晦氣。」西瓜皺眉。

嘴巴說不要，身體卻很誠實。大家還是不爭氣地把杯子舉起來，敬了一下在唸大學時捲入東別連環凶案的柏彥。

幾年前那案子鬧很大，報紙上說柏彥在租屋裡被綁在鐵椅上三天三夜，最後被兇手塞了一顆死貓頭在喉嚨裡，看著天花板噎死。眞的是相當奇特的告別方式啊。

敬完了死得很慘的柏彥，大家立刻回神到很幸福的婚禮。

其實我們不像電影上描述的所謂多年分開又重逢的老朋友那麼誇張。我們即使有一大半人都在彰化以外的地方發展，只要一回到故鄉，大家都滿常聯絡，至少，打麻將得四個人才行啊。

很快地，我們就藉著聊追于筱薇的往事將氣氛炒熱，每次都是這樣。

「我不蓋你們，說不定我接到于筱薇那一通電話後，還是死皮賴臉追她，今天就不會有這場婚禮了。」我相當認眞地說：「所以新郎等一下應該向我敬酒！」

「眞的！想當年要不是我太胖了，最後追到于筱薇的一定是我！」肥仔龍穿著快要爆開的大T恤，信誓旦旦地說：「我可是投資了八十四塊香雞排在我的愛情上！」

「斤斤計較什麼雞排。」阿菁冷冷道。

「白痴，要計較的話，我在校車後面跑的公里數可以繞台灣一圈好不好？」西瓜冷笑，不知道在瞎爽什麼。

「想當年我們一起在農會水利大樓那裡補數學，不是有一個彰女的正妹負責擦黑板嗎？對對對，就是那一個，好像姓鄭。其實那時候她常常回頭看我耶，每次上課我都覺得被她電假的。」歐陽豪沒追過于筱薇，但擅長轉移話題。

「白痴，那件事我一直很想講，記不記得當年我坐在你旁邊，其實那個彰女女生是在看我，要不是全校都知道我在追于筱薇，最後也傳到彰女那邊，不然那個正妹一定會主動跟我告白好不好！」西瓜大言不慚。

雖然我認真覺得，當年那個負責幫老師擦黑板的彰女女生之所以一直回頭看，其實是對坐在西瓜跟歐陽豪後面的我放電。不過，霎時間我有點迷惘。

我們不是才剛滿三十歲嗎，怎麼有那麼多用「想當年」造的句子啊？

看見肥仔龍拚命夾最貴的生魚片往嘴裡塞，那畫面才稍微令我安心了點。

我寫歌塡詞，平常接觸到的當然都是一些想唱我歌的人，對我來說那只是工作的一部分。但對我的老朋友來說，每次碰到我，他們都想聽一些報章雜誌裡沒有說過的明星八卦。

于筱薇的喜宴上也是一樣，大家吃吃喝喝話當年之外，我也會說一些萬一被媒體寫進去、我就會被那些大明星亂棒打死的八卦，讓大家暢快下酒。

「對了陳國星，你賺那麼多，紅包包多少啊？」

沒追過于筱薇的阿克大聲問，大家一齊向我看了過來。

說到阿克，以前那個超衝動的阿克好像被外星人調包了，自從他升職後，每次在老朋友的婚禮上看到他都穿著燙線的襯衫，球鞋跟牛仔褲整個消失。好像被這個世界完美馴養了。

我歪著脖子，認眞地說：「最近我過得很不爽，所以紅包就包一疊麥當勞折價券，算一算總共可以折六千塊，所以算是六千塊吧。」

阿克很吃驚：「幹你眞無恥，以後于筱薇一定會用報紙包回去！」

「不可能啊，我紅包袋上是寫你的名字。」我淡淡地說。

「……眞的假的啦！」阿克霍然站起，嘴巴張得很大。

這才是我認識的熱血笨蛋，阿克的樣子啊。

「騙你幹嘛？」我聳聳肩。

只見阿克立刻慌慌張張跑去櫃台解釋了。

大家哈哈大笑，這種隨便編出來的豪洨也只有阿克會相信。

只有阿菁瞪著我，好像立刻就要把警槍拿出來指著我一樣。

「陳國星，你眞的包了折價券？」阿菁皺眉。

「怎麼可能包折價券，一點幽默感也沒有喔妳。」我苦笑。

此時燈光慢慢暗下。

看樣子新郎新娘立刻就要進場了。

大家都停下筷子，將視線擺向大廳後方。

從高中起就幻想過很多回，于筱薇披著白紗挽著我手的模樣，她的樣子很美，有點害羞，我的表情則是超級感動，一副就是立刻可以死掉的樣子。

很快，再過幾秒。

再過幾秒，我就會目睹我……一半的夢想在我面前緩緩走過的畫面。

「喂，你的火把咧？」肥仔龍擦了擦嘴，一臉猙獰。

「還眞的帶火把咧，那你的球棒呢？」我嗤之以鼻。

「當然是沒帶啊，西瓜？你不是說要帶斧頭？」肥仔龍看向西瓜。

「白痴。」西瓜答得很漂亮。

這個時候，大廳側門突然開了一條縫。

門外的光透進燈光昏暗的喜宴大廳，閃進了一個讓所有人大吃一驚的畫面——是遲到的森弘。

他媽的手裡竟然拿著——一把清明節掃墓等級的大號鐮子！

我們趕緊舉手用力揮舞，將那個冒冒失失的笨蛋召喚到我們這桌，但拿著大鐮子低身跑步的森弘已經吸引了全場的目光，很多人都瞠目結舌看著我們。

「怎樣！應該趕上了吧！」

剛剛坐下的森弘兀自喘氣：「還沒走紅毯吧？」

「靠夭，你還眞的帶鐮子過來！」我笑死了。

「不然是怎樣？不是要趁那個豬頭牽于筱薇走紅毯的時候，海扁他一頓嗎？」穿著正式西裝還打領帶的森弘，緊握著超突兀的大鑰子，滿身大汗看著我們。

蛤？

肥仔龍用力抓著森弘的肩膀，大聲說：「要扁，也是等新郎新娘送客的時候再扁啊，趁人家走紅毯的時候扁，超沒品的吧！」

我附和：「會下地獄。」

當女警的阿菁瞪著我們，充滿正義感地說：「都很沒品好不好！」

「等一下，你們三個說好要帶的兵器呢？」森弘左看右看，表情超狐疑。

肥仔龍跟我對看了一眼，同時用鼻孔噴氣。

「白痴。」西瓜再度答得很漂亮。

這個時候，鋼琴伴奏聲悠揚地響起。

一道光打在大廳盡頭，落在我們的女神身上。

于筱薇慢慢地在鋼琴聲裡，挽著新郎的手，走在數百人的熱烈注目中。

她很美。

美得，讓所有人都忘了拍手。

「真漂亮。」肥仔龍懊喪地說：「當初應該多加碼幾塊雞排的。」

「不公平，哪有這樣的。」森弘終於將手中鐵鏟放下。

我則完全呆住了。

那黑白琴鍵悠揚敲出的旋律，是我半年前入圍金曲獎的情歌。

〈一萬年〉。

我慢慢拍手，胸口好像被很多熱水填滿，看著于筱薇走過我們這一桌。

她沒有看我，只是在琴聲中專注往前走。

每走一步，琴鍵往下深刻。

十六歲那年的回憶忽然出現。

教室後的運球聲，風紀股長大叫不要吵鬧。

坐在我後面的于筱薇，拿著筆不停戳著我的背。
坐在于筱薇前面的臭男孩，裝作不耐煩地回頭。

白紗拖過。

然後是十七歲那年的夏天。
操場上生鏽斑駁的籃球架，永遠也沒有勝負的三對三。

她的背影，亦步亦趨的花童，十八歲的畢業典禮。
女孩努力捧著十幾束鮮花，不讓男孩們失望。

十九歲，二十歲，二十一歲，二十二歲，二十三歲……

等我回過神，喜宴已經散了一大半人。
于筱薇跟那個我可能永遠都記不清楚名字的新郎，站在大廳門口，拿著喜糖送客。

作風神祕的歐陽豪有事先走，阿克搭歐陽豪的便車去趕回台北的高鐵。柯宇恆什麼時候走的沒人有印象。清源前腳走，跟他有曖昧的如君後腳就跟著離開。

只剩下堅持要把桌上甜品全吃光的肥仔龍、默不作聲的西瓜、莫名其妙把警槍大剌剌放在桌上的阿菁、缺乏社會常識將鏟子扛在肩上的森弘。

還有我。

一個恍惚在青春回憶的三十歲男人。

「現在這樣好像不錯喔，突然有種想要找個人結婚的感覺。」肥仔龍吃著第五盒冰淇淋，連他也來個有感而發。

很年輕就結了婚、小孩皮皮都八歲大了的西瓜，用超不屑的表情看著肥仔龍，說：「白痴，你是想找個人做愛。」

「到底是有沒有要打新郎？我還特地回家拿鏟子才遲到的耶……」森弘喃喃自語，明明剛剛就只有喝烏龍茶的他，不曉得在裝什麼醉。

阿菁看著我：「你呢，不是一直都有女朋友嗎，怎麼還不結婚啊？」

怎麼還不結婚？

這個問題跟當初小惠一直問我的一模一樣。

「不想結。」我直截了當。

「爲什麼？難道你覺得自己是偶像啊？結了婚，就沒有人聽你寫的歌，結了婚，大家就不覺得你的歌很酷了？」阿菁帶著嘲諷的語氣。

「寫歌又不是唱歌，沒什麼偶不偶像。」我也不曉得幹嘛回答阿菁沒禮貌的亂問，但起了頭，只好把話給說完：「……只是覺得，現在的生活很好啊，交女朋友就交女朋友，談戀愛不必談到一定得結婚的程度吧？」

說話的時候，我一直看著森弘肩膀上的鏟子，心中老是覺得怪怪的。

是，扛著一把鏟子參加婚禮是很奇怪，但我現在心裡的奇怪，又不像是那一種奇怪。說不上來，好像有異物卡在喉嚨裡的感覺。

「如果女生想結呢？既然談戀愛跟結婚沒什麼差別，那就配合她結啊，把自己說得那麼看很開，結婚也沒什麼大不了的吧。」阿菁玩著放在桌上的警槍。

我的天，裡面最好是沒有塞子彈。

西瓜皺起眉頭，忍不住說：「白痴，談戀愛跟結婚怎麼會沒差別。」

阿菁拿起手槍，毫不客氣對著西瓜說：「我沒問你。」

我看著那把立刻轉向我的手槍，只好舉起雙手說：「結婚，就不能專心完成我的夢想了，也不能隨時隨地想去哪裡就去哪裡，想熬夜就熬夜，想一個人看電影就一個人看電影……」

「哪有人會一個人去看電影？」阿菁板著臉質問，晃晃手上的槍。

「我就會。」我瞪著那把徹底被濫用的警槍，說：「總之這些都是常識，兩個人生活一定會比一個人還不自由，靠，我是搞創作的耶，被管來管去我受不了。」

「對，沒錯。不過我不搞創作，我光賣車也不想被管來管去的。」西瓜懊惱地說：「當初沒帶套眞的是超白痴，早知道我滿十八歲那年就去動手術把輸精管焊死。」

阿菁沒好氣地將警槍對回西瓜，說：「我又沒問你。」

「那妳呢？」我用筷子夾起一個湯圓，丟向阿菁。

「我怎樣？」阿菁又將警槍對準了我。

「妳自己幹嘛不結婚啊，都三十歲了，女生的時間跟男生的時間，在人生上的意義……不一樣喔。」我步步逼近：「是不是妳太恰了，根本找不到男人娶妳？」

「結婚又不是我的夢想。」阿菁想都沒想就說。

「是喔，那妳的夢想是什麼？」正在挖第六盒冰淇淋的肥仔龍問。

「我的夢想是要當一個警察。」阿菁得意地說，一副夢想實現的樣子。

一瞬間，我脫口而出：「放屁。妳的夢想是結婚！」

所有人都嚇了一跳。

阿菁瞪大眼睛，一個字一個字說清楚：「絕、對、不、可、能。」

「就是，妳的夢想就是結婚，哈哈！」我不知哪來的自信。

「亂講什麼？把身分證拿出來，駕照跟健保卡通通放在桌上！」阿菁怒道。

「妳發什麼瘋啊？」西瓜白了她一眼。

但阿菁顯然是失控了，又是一個把烏龍茶喝到醉的笨蛋。

「你也一樣，快點！我現在懷疑你們……涉嫌用麥當勞折價券充當禮金，把身分證跟駕照都放在桌上，還有健保卡！」阿菁氣到臉都紅了。

突然，森弘肩膀上的鐵鏟斜斜晃了一下。

我忽然想起一件很厲害的往事。

「對了！」我指著那把鐵鏟。

大家看向我這邊，連槍也對準了我。

「記不記得，畢業典禮前一天晚上，我們在——」我故意把話說一半。

「？」肥仔龍皺起眉。

「畢業典禮……」西瓜也瞇起了眼睛。

森弘愣了一下，說：「啊！我們在學校後面挖了一個洞！」

我看著森弘肩膀上的鐵鏟，這一把大鐵鏟似乎就是當年的那一把。

「挖洞？畢業典禮？好像有那麼一回事……啊，對啊，那天晚上我們挖得很累啊！」肥仔龍恍然大悟。

西瓜也跟著點頭：「好像，好像……」

「什麼好像！」阿菁不曉得在抓狂什麼，槍口掃過我們一遍，尖叫：「竟敢說得好像全部都忘光光一樣，你們那天晚上根本就是大變態好不好！我會當警察，全都是因爲想把你們這些大變態統統抓起來！身分證！駕照！健保卡！」

西瓜終於怒了，用力拍桌：「白痴，把槍收起來！」

阿菁更怒：「身分證！駕照！健保卡！」

我用力拍桌：「不要拿槍對人啦！」

碰！

時間停在每個人呆滯的表情上。

阿菁手中的槍微微顫抖，槍口冒著焦煙。

桌上的大罐烏龍茶燒出了兩個彈孔，褐色的茶液汨汨流出。

正在散場的婚禮頓時鴉雀無聲，所有賓客呆呆地看向這裡，就連在門口發喜糖的于筱薇跟新郎也目瞪口呆地看著我們這一桌。

我斜眼看著身後的牆壁，後面的牆板碎開約一個拳頭大小，石灰落下。

「……」阿菁慘白著臉，慢慢放下該死的警槍。

碰！

當機立斷，我拉炮，綵帶在半空中緩緩落下。

碰！

西瓜也跟著若無其事地拉炮，肥仔龍也笨手笨腳拿起桌上的紙炮一拉，森弘也跟著慌慌張張地紙炮。而阿菁則頭低低，不敢看向任何人。

一陣竊竊私語的騷動，婚禮瞬間又恢復了正常。

「幹，妳剛剛差點打中我！」我瞪著頭低到快埋到桌下的阿菁。

事實上，那顆子彈在爆掉烏龍茶後，還眞的擦過我的左手臂，將我的班尼頓T恤燒出一條黑色捲邊的開口。我左手臂上的皮膚紅腫起來，有些刺痛。

「我還以爲槍裡沒子彈，想不到妳眞的瘋了。白痴。」西瓜不斷搖頭。

「……」阿菁全身發抖，額頭都快頂到桌子了。

「喂，阿菁。」少了根筋的森弘，兀自拿著駕照跟健保卡刮著阿菁的肩膀，挨過去說：「我身分證忘了帶，拿去。」

不過，這驚天霹靂的一槍徹底喚起了我們的記憶。

高中畢業典禮前一天，學校還是沒有放過我們，爲了步步逼近的聯考，所有應屆畢業生還是集體留校輔導，先花四堂課寫考卷，再用四堂課檢討。

放學後我們這幾個死黨依舊心浮氣躁，不想就這麼回家，可也不想再去補習班參加晚間衝刺什麼鬼的。

於是，我們在學校最後一棟教室後面，相思林裡，找了一棵看起來意志力很堅強的大樹。

本來我們只是想將彼此的名字刻在樹上，當作是友誼的見證。

但……

婚禮上，每個人的眼中都開始出現大家過去的模樣。

「陳國星說這樣不但沒公德心，而且沒創意，說什麼要在樹下挖一個洞，把大家共同的秘密埋進去。」肥仔龍挖得滿口冰淇淋，嘖嘖說道：「那天我們挖到幾點？還每個人先回家再帶鏟子出來集合咧，最後只有森弘眞的有帶來的樣子。」

「我記得，那是因爲你看了一本爛小說……」森弘看著我。

「忘了作者是誰，不過書名我沒有忘，叫『沉睡的友誼』，說的是一群好朋友聯手殺了一個常常虐待其中一位好友的爸爸，每個人都將自己的名字刻在屍體的臉上，然後將屍體埋在一棵大樹下，當作是彼此友誼的誓約，誰告密就一起坐牢。」我一想起來，往事的每個細節都瞬間組合起來，歷歷在目：「本來我們是想要把那個雞巴透頂的王教官埋起來的，但想一想年紀輕輕就去坐牢，好像也不大恰當……」

原本頭低低的阿菁咬牙切齒地說：「什麼不大恰當，簡直就是亂來！」

西瓜用手指朝我們點著點著。

肥仔龍，森弘，阿菁，還有我，加上西瓜自己……

CHAPTER 3

那些年，我們一起挖的樹洞

到底挖了多久了……

一個小時？兩個小時？

或許該用每個人的汗水來計算。

「可以了吧？到底我們要埋什麼進去，非得挖得那麼深？」森弘抱怨。

「不行，如果不挖深一點就沒感覺了。來！換手！」我堅持。

「我們都是白痴。」西瓜冷冷地說。

洞越來越深，我們的興奮也越來越少。

一開始挖洞，大家都覺得新奇有趣，搶著拿鏟子插土。一、兩個小時過去後，我們這些整天坐在椅子上寫考卷的應屆考生，全都滿身大汗，誰也不想輪到當挖土的那個倒楣鬼。

「都是你們啦……如果你們每個人都有帶鏟子來，這個洞就不會挖那麼久了啦！」

森弘最有資格抱怨，因爲最後只有他帶了鏟子來。

「白痴才眞的帶鏟子。」西瓜冷冷地擦汗，雙手扠腰：「要是連你也沒有帶鏟子，我們就不會挖得那麼辛苦了，早就回家睡覺。」

楊澤于推了推明顯太大了的眼鏡，說：「快點挖一挖，我還要回家唸書。」

肥仔龍累得蹲在地上，將鏟子高舉遞給阿菁。

「為什麼連女生也要挖土？」阿菁恨恨地鏟著土，瞪著一點也不憐香惜玉的我們抱怨：「如果于筱薇也有來，你們會讓她挖土嗎？」

我們異口同聲說：「不會啊！」

阿菁怒得將鏟子插在挖到一半的土裡，向我們比了個中指。不挖了。

不挖了不起啊？

我拿起鏟子，隨便挖了兩下，說：「要是于筱薇有來，這個洞我就一個人包下來了，而且中途絕對不擦汗，更有男子氣概。」

將鏟子扔給西瓜。

西瓜同意，也隨便挖了兩下：「于筱薇有來的話，我們一定搶著挖。白痴。」

然後將鏟子扔給楊澤于。

楊澤于推了推眼鏡，快速地鏟了兩下，說：「快點挖啦，太晚回家的話我會被罵耶。于筱薇眞的有來的話，她也不可能跟我們待到這麼晚，都十點了！」

鏟子扔給了森弘。

森弘比較認眞，挖了三下才交給快要暴斃了的肥仔龍，說：「于筱薇有來的話，看到只有我帶了鏟子，一定會覺得我最有責任感，唉，我們怎麼沒想到叫于筱薇一起來呢？」

肥仔龍勉強蹲著挖，簡直只挖出一個布丁盒大小的土，就爽快地放棄了。

鏟子虛弱無力地交給阿菁，但阿菁將頭撇了過去，拒絕再挖。

無可奈何的鏟子又輪回我的手裡。

雙手已經脫力發抖了，我只好宣布：「我想，這個洞應該夠深了。」

大家一陣迴光返照的歡呼。

「不埋王教官的話，我們到底要埋什麼？埋陳教官嗎？」森弘一屁股坐下。

一個人坐下，就像骨牌效應，大家也都圍著樹下的深洞拍拍屁股坐下。

「埋校長好了，要埋就埋最大尾的。」肥仔龍笑嘻嘻地說。

「白痴。」西瓜最擅長的，就是嗤之以鼻的表情。

「快點說正經的啦。」阿菁沒好氣地說。

「一般來說，這種洞都是挖來埋大家珍貴的東西用的，叫時光膠囊，過了很多年大家再聚在一起把洞裡的寶貝重新挖起來，回憶一下，很有重溫往日時光的感覺。」楊澤于解釋歸解釋，還是同一個重點：「不過不管要埋什麼，快點埋一埋好不好？現在都已經十點多了！」

其實一邊在挖洞的時候，我就想好了要埋什麼。

「如果要大家埋自己現在最珍貴的東西，好像辦不到吧。」我雙手握住鏟子。

「怎麼說？」阿菁不解。

「阿菁，如果要妳埋妳最珍貴的東西進去，妳要埋什麼？」我看著坐在旁邊的她。

「……你們先說。」阿菁拒絕第一個回答。

肥仔龍舉手，說：「我要埋校門口的特大號香雞排。」

西瓜超不屑：「白痴才埋香雞排，我要埋我的限量愛迪達跑鞋，但埋了就沒了，除非你們都認眞埋，不然我埋個鞋帶意思意思就算了。」

森弘同意西瓜，接著道：「我最重要的東西，就是我的第八代喬丹籃球鞋，不過鞋子是買來穿的，埋了就爛掉了。我不想。」

楊澤于想也不想，就回答出令所有人都不意外的鳥答案：「我要埋我的狄克森片語。它現在就在我書包裡，但聯考完了才可以埋。」

我看著阿菁，阿菁這才故作自然地說道：「我想埋我的張雨生ＣＤ。」

只剩下我，這個計畫的始作俑者。

灰頭土臉的大家都看著我，而我只有一個無敵熱血、眞愛永恆的答案。

「我要埋于筱薇。」

當我這麼說的時候，大家的臉色全變了。

「太奸詐了吧！我也要埋于筱薇！」

「于筱薇當然是我埋啊！」

「幹！那我也要埋于筱薇！」

「白痴，于筱薇怎麼可能被你埋。要埋也是我埋。」

無言的阿菁只是向我比了兩根超鄙視的中指。

不理會阿菁的中指，我正色道：「所以了，既然最珍貴的于筱薇不可能被我們埋，大家就只好埋第二珍貴的東西，那樣不是很遜了嗎？既然要做一件特別的事，就不能妥協，不能折衷，不能退而求其次。要勇往直前！」

森弘怯生生舉手，打斷了我的話：「……眞的不可能埋于筱薇嗎？」

「白痴！」

這次不是西瓜的獨罵，而是我們異口同聲幹森弘。

我繼續做我最擅長的事……也就是說服大家一起做我想做的事，說道：「過了明天，我們就高中畢業了，今年我們全都會滿十八歲。十八歲耶，毋庸置疑，我們正站在人生第一個轉捩點上。」

大家等著我繼續說下去。

「我想到那個本來應該被我們埋在洞裡的王教官。記不記得，王教官在軍訓課上講過什麼？他說爲什麼當年他要選擇進軍校，是因爲他想成爲一個受人尊敬的人。結果呢？」說到這，我故意停頓。

果然大家噓聲四起。

「爛人！尊敬個屁啊！」肥仔龍直截了當。

「那個白痴只會翻書包沒收《少年快報》！靠！我們都還沒輪完咧！」西瓜恨道。

「他就只會罰男生，女生只要稍微可以看的，他就露出淫蕩的笑！」森弘皺眉。

「……我一定要打他。」楊澤于堅定不移地說。雖然那是他自找的。

「我覺得他常常偷看我的胸部。」連阿菁都有意見。

嗯，很好，一點也沒錯。

「結果，王教官在軍訓課上竟然說，他如今已成爲人人景仰的人！馬的眞是厚臉皮！無恥！會不會差太多了！」我越說越起勁，看著大家慷慨激昂的表情繼續道：

「我想，王教官在他十八歲的時候一定還不是那麼無恥的人，一定是在他慢慢長大的過程裡忘了自己當初的夢想，變成了一坨大便，到他四十幾歲的時候甚至還誤以爲自己達到了當初的夢想，這也未免太可悲了吧？」

「喂。」輪到阿菁打斷我。

「？」我不解。

「你在演講什麼啊？有話就快說。」阿菁竟敢賞我一個臉色不耐。

我握緊拳頭，看著大家：「現在，十八歲的我們，對未來的自己有什麼期待呢？我想做的事情太多了，十年後我一定可以實現我現在的夢想——不是盡力，是一定要做到！還有你們也是，大家都要實現夢想，不能像厚臉皮的王教官一樣，多年後活在可悲的大便裡，還自以爲爽咧！」

大家你看我，我看你。

多少孩子都在鄙視大人的青春裡掙扎著成長，未來卻成爲他們當初瞧不起的大人。多年後沾沾自喜看著鏡子，竟還反過來感嘆當年自己的年少輕狂，連最後一點點失落、一點點的悔恨都省下來了。

眞是太乾脆的背叛。

現在，我們要對十年後的自己投下一張信任票。

絕對——不要成爲我們不想成爲的那種大人。

楊澤于聳聳肩，說：「所以，我猜你是想要我們每個人都將未來的夢想寫在紙上，然後把那些紙裝在盒子裡，埋進這個洞？」

眞不愧是成績最好的楊澤于，完全命中。

「沒錯，寫下自己的夢想。十年後我們重聚，再一起將洞挖開，到時候再來認眞檢驗一下，十年後的自己是不是實現了十年前自己的夢想，有沒有讓十年前的自己失望？十年當一個期限，自己跟自己約定，拚了命也要達到自己的夢想，不要成爲我們現在很鄙視的王教官！」

我說完，立刻跟楊澤于擊掌。

「聽起來……眞幼稚。」阿菁又這樣了。

「不過還滿有意思的。」西瓜罕見地給予正面的評價。

「鏟子是我帶來的，我投陳國星一票。」森弘也躍躍欲試。

「洞都挖了，不然是要怎樣？」最懶惰的肥仔龍說到了重點：「把土塡回去之前，我們就把夢想寫一寫吧。我覺得十年後我們偷偷爬進學校，一起再把洞挖一遍，一定很好笑！」

「……」阿菁翻白眼，沒好氣說：「那就來寫吧……眞的很幼稚。」

於是我從書包裡翻出一張考很爛的英文考卷，將它撕成了六份。

每個人都拿到一截考卷紙，背面有足夠的空間可以讓大家把夢想寫上去。說好了彼此都不看對方寫的東西，免得大家都不好意思寫眞的，我們小心翼翼地用手掌半遮著自己寫的字，不讓別人偷看到。

「喂，我覺得只寫一個很虛耶。」森弘忍不住說道。

「對啊，我們都挖了那麼久，只寫一個夢想太划不來了。」肥仔龍附和。

「一個夢想眞的太少了，每個人寫三個夢想，怎麼樣？」楊澤于看著我。

所有人都贊成，我也覺得不賴。

十八歲嘛，什麼都沒有，有的就是夢想。

夢想有三個，其實剛剛好。

「我就直說好了，如果你們都寫將來要娶到于筱薇，那一定會徹底失敗的。」阿菁用嘲笑的語氣說：「只會白白浪費一個夢想。」

「對，最後只有一個人會成功，那就是我。」我微笑。

「白痴，是我！」西瓜沒有抬頭。

「爽什麼？是我！」肥仔龍吃吃地笑。

「別小看我！」森弘用吼的。

「等著看好了，當然是考上好學校的我會娶到于筱薇，請客的時候記得來啊！」楊澤于推推眼鏡。

阿菁再度爆炸：「要寫就寫！吵什麼啊！」

大家繼續寫，絞盡腦汁地寫。

這個計畫是我提出來的，我早就想好要寫什麼，一下子就搞定。

但我假裝還沒寫完，偷偷往旁邊瞄……

阿菁是左撇子，正好用右手遮住剛剛寫下的第一個夢想，左邊卻漏了一大塊讓我看個正著。我瞥見了阿菁的考卷上，寫了「結婚」兩個字。

那麼恰的阿菁，竟然會有那麼粉紅色的夢想，我突然笑了出來。

「笑屁啊？」阿菁抬頭瞪著我，右手警覺地將答案蓋好。

「沒啊，只是想謝謝你們陪我做這件事。」我笑笑說，將考卷摺好。

「靠我是爲了我自己耶！」肥仔龍不客氣吐槽。

「我早就想到要這麼做了，只是被你先說出來罷了。」楊澤于推推眼鏡。

「白痴。」當然是西瓜：「少往自己臉上貼金了。」

「……」森弘沒有說話，聚精會神寫字。每次遇到這種需要體現自我的事，他都要煩惱很久。

好不容易大家都寫好了，將考卷對摺再對摺，最後用原子筆在紙上簽名。

拿什麼裝呢？

大家東看西看，翻了一下書包，最後所有人的視線都停在楊澤于隨身攜帶的壓克力登山水壺上。

「也可以啦。」楊澤于很乾脆地捐出來。

我們將壓克力登山水壺打開，把剩下的水倒乾淨，再用衛生紙仔細擦乾。肥仔龍將剛剛從家裡拿來的、預備要吃的三包洋芋片打開，拿出裡面的乾燥劑扔在水壺裡。

大家輪流將寫著夢想的考卷放進去，森弘將紙丟下前還唸唸有詞地祈禱。

「這樣應該就沒問題了吧。」我將蓋子旋緊。

我們六個人，一人出一手，一齊將飽滿夢想的透明水壺放進洞裡。

森弘拿起鏟子，準備鏟進第一把土。

「等等，這樣太單調了。」我隱隱覺得這樣有點無聊。

阿菁看著我，一副就是「你又想怎樣」的表情。

我以前所未有的認眞表情說：「爲了十年後不變的友情，我們立個誓約，十年後大家要聚在一起才能把洞重新挖開，誰，都不准一個人自己來挖。」

「好啊。」阿菁兩手一攤。

「不過，要怎麼立約啊？」森弘的腳重重踏在鏟子上。

「想個有趣點的，比如下個詛咒？自己一個人來挖的話就會瞬間死掉。」西瓜不知道在想什麼，老是說一些狠話。

「耍什麼狠啦，我們來想個非常禁忌的儀式就可以了，主要是有趣，平常不會做，一個人也做不來的那種事就可以了。」我說。

關於這方面的儀式我也沒事先想好，只知道不酷不行。

大家都靜了下來，一起思考有什麼儀式可以裝模作樣一番的。

「埋小草人？」阿菁左顧右盼。

「很恐怖耶。」我拒絕。

「歃血爲盟？」西瓜拿出美工刀，刀片上閃閃發出生鏽的光芒。

「破傷風比較快。」我拒絕。

「那……」肥仔龍靈光乍現，說：「不如，我們一起打手槍吧！」

「啊？」森弘嚇了一大跳。

「咦！」我精神一振。

「就打手槍啊，一起射在水壺上面，最後再把土蓋好，如果十年後我們要把洞重新挖開，就要再聚集六個人一起打手槍，不然就無法解開手槍封印，怎麼樣？很有趣吧！」肥仔龍越說越興奮。

我們面面相覷。眞的假的啊？

「這個……我們的感情有好到一起打嗎？」西瓜面有難色。

「回家跟我媽媽說的話，她一定會很傷心。」森弘非常猶豫。

「你幹嘛跟你媽說啊！」肥仔龍用力巴了一下森弘的頭。

「一起打手槍有什麼有趣的！你們根本就在排擠我！」阿菁大聲抗議。

阿菁不抗議還好，她一抗議，我們所有人都覺得這件事有趣極了。

「那就……來打吧。」我率先把拉鍊拉下。

「你幹嘛！」阿菁面如土色。

「打手槍啊，白痴。」西瓜也將拉鍊拉下。

阿菁慌亂地轉過身去，淒厲大叫：「你們都是變態！」

森弘慌慌張張一手脫下褲子，一手拍著阿菁的肩膀：「不要叫那麼大聲啦，要是我們被校工發現就慘了，搞不好明天就不能參加畢業典禮！」

阿菁掙扎逃開，可又不甘心就這樣走了，站得遠遠等我們打完。

「你們這些噁心的變態！」阿菁彷彿全身都在發抖。

我們五個男生都拿出了小雞雞，你看我我看你，不曉得怎麼開始。

再不開始，很快我們就會察覺到這件事有多無聊、也真的很變態，拉鍊便會一個個拉回去。

「說真的我還沒打過，可以教我一下嗎？」楊澤于鎮定地說。

「不要。」我第一個拒絕。

「不要。」西瓜斬釘截鐵。

「不要。」肥仔龍沒有商量餘地。

「不要。」森弘也罕見地脫口而出。

這種時候我的主意最多了。

爲了加快儀式的進行，我提議：「最後一個打出來的人，要教楊澤于怎麼打手槍，開始！」

這個提議超級有效，誰也不想教另一個男生怎麼打手槍，我們四個人都非常認眞打了起來，而資優生楊澤于可沒錯過這個學習的機會，相當認眞地研究我們是怎麼進行打手槍這個再簡單不過的簡諧運動。

「靠，你不要看我！」我轉身，避開楊澤于的視線。

「媽啦，轉過去啦！你這樣會射到我這裡！」肥仔龍恐懼地往旁跳開一步。

「白痴，專心一點。」西瓜閉上眼睛。雪特，他一定是在想我的于筱薇。

「你們不要打太快啦，等我一下啦，還有啊楊澤于你跟著一起打就好了，我不想教你啦。」森弘慌慌張張地打著，又說：「先說好，鑵子是我帶來的，我有不教楊澤于打手槍的權利喔！」

「最好是有關聯啦！」我駁回。

「你們不要出聲好不好！快啦！」背對我們的阿菁幾乎用吼的。

忘了是怎麼結束的。

總之那天晚上我們四個打完、稀里呼嚕射在洞裡後，足足等了楊澤于打了半個多小時。我們筋疲力盡地在旁邊聊天，阿菁則餘怒未消，背對著我們坐著，一言不發。楊澤于一直嚷著完蛋了他這麼晚回家一定會被罵，一邊終於說他好不容易才打了出來，快累死了……但其實我想是沒有，其他三個人顯然也不信，但楊澤于既然那麼公開宣稱打完了，我們也不想說破，畢竟那個時候眞的很晚了，就這麼草草結束打手槍封印夢想的儀式。

反正，接下來楊澤于還有整整十年的時間可以學會打手槍，應該夠了吧。

我們將土蓋好，阿菁呼了我們每個人一巴掌後，大家就解散回家。

這絕對是我做過最蠢的事。

隔天畢業典禮，十年如滄海一聲屁過去。

沒人記得。

然後又過了兩年。

女神于筱薇果然沒有被我們之中的任何人追到，阿菁一語成讖。

但于筱薇的這場無與倫比的美麗婚禮……

一把鐵鏟，一聲槍響，奇妙地將我們召喚回集體打手槍的那晚。

CHAPTER 4
收、好、那、支、手、槍！

「今年，是第十二年了。」

「除了在美國的楊澤于，當年一起挖洞的所有人都到齊了。」

散場的喜宴，遲遲不肯離去的筵席。

我看著大家，嘴角上揚：「我們都三十歲了。」

「遲了兩年，竟然沒有人想起那個洞。」肥仔龍搖搖頭：「太爛了啦！」

「那個時候我到底寫了什麼東西在紙上，現在根本想不起來。」扛著鐵鏟的森弘，終於說出最可怕的事。

「我……嗯……」西瓜一向嘴巴很賤，卻也支支吾吾。

我們面面相覷。

是啊，那一年我們寫下了夢想，期許在十年後的自己，可以受到十年前的自己熱烈擁戴，因爲我們一定會用最厲害的努力贏得夢想的勝利，成爲我們想成爲的那個人。

而不是成爲一坨自以爲是的大便。

先不說我們很有默契地忘了十年之約，有件事更教人在意。

不只森弘。

我們全都忘記當年到底寫了什麼東西，藏在那個約定的洞中。

我更廢，只記得偷看到阿菁寫的其中一個夢想，卻忘了自己寫了什麼。

桌上那一大罐躺著也中槍的開喜烏龍茶，已經全部流光光。

除了還在門口跟賓客合影的新郎新娘，宴客大廳已沒什麼人。

「既然大家都到了，今天又是禮拜天。」阿菁嚴厲地瞪著我們，一副盛氣凌人的姿態說：「現在才下午三點半，還有時間回學校挖開那個洞。我倒要看看你們寫了什麼東西！總之你們這群變態，大變態，我永遠都不會忘記那年你們排擠我的事！我敢打賭，你們沒有一個人完成夢想，而且連低標都沒有達到！」

他媽的咧，這個囂張的臭女人完全忘記剛剛對著我開了一槍！

「也好，反正鏟子有現成的。」西瓜摩拳擦掌：「我也想看看十二年前白痴的我到底寫了什麼。很久沒那麼刺激了。」

肥仔龍不置可否，根本就扛了鏟子來的森弘也不反對，問題是：「去挖好啊，可是楊澤于沒有到啊，難道要打電話叫他立刻回台灣打手槍？」

我心念一動，立刻說：「好，我們馬上就回學校挖洞，我一邊打電話給楊澤于，叫他回來，一起把當年的夢想挖出來！」

說幹就幹，大家一起站了起來。

離開婚宴前，我們去跟于筱薇拍大合照，四個男生拚命往于筱薇旁邊擠。

新郎面色凝重，似乎不大願意跟我們站在一起，雖然我們也不大想。不過比起我們這群當年打手槍封印夢想的蠢蛋，新郎可是個成熟的大人，還是裝個僵硬的笑容出來跟我們合照。

「數到三喔。一……二……笑一個。」阿菁按下快門。

每個人都拿了一顆喜糖。

「謝謝你們今天來。」于筱薇笑得很甜：「你們都是我最重要的朋友。」

「大家都很重要，不過我比其他人重要一點，喔？」

我故意這麼說，立刻討了大家一陣瞎打，也招來新郎的一記冷眼。

離開了那些年我們一起追的女孩的婚禮，似乎也目送了很重要的一段時光。

有點惆悵，幸好我們已經有了短暫的人生目標。

我們都是各自開車過來的，要回學校，也是各自開自己的車。

「楊澤于，怎麼那麼久才接電話啊？」

我在車上，對著藍芽耳機大聲嚷嚷。

「吼，我在補睡覺啦，陳國星你是都沒有時差觀念嗎？我最近報告很多，弄得我連作夢都在寫報告，我要繼續睡了，有事寫email給我……」楊澤于睏倦地說。

「管你那麼多，你給我立刻買機票回台灣。」我用很歡樂的語氣說著相當認真的事：「還記不記得，十二年前畢業典禮前一天晚上……」

「喔，你說那個洞啊，你們終於想起來了喔？」

楊澤于的聲音還是昏昏欲睡。

終於想起來？

「……你一直都記得？」我傻眼。

「對啊，不過我一直都學不會打手槍，所以就不想提醒你們了。」他打了個欠揍的呵欠。

「靠，那是什麼鳥理由啊！不管了，你一邊搭飛機回來一邊請空姐教你打，總之我們要去挖洞了，等你！快！快快快！」我說完，不給楊澤于機會推託就掛上電話。

校門口大集合，五台車，其中有一台還是警車。

「妳可以這樣把警車開出來喔？」我很訝異。

「我在做例行巡邏。」阿菁面不改色。原來她今天根本就是蹺班！

今天禮拜天，學校沒有上課。

只有零星幾個成績好的班留下來加強，還有一些學生穿便服在操場打籃球。

問題是，一群逼近中年的人就這樣大大方方進去挖洞，好像有點怪怪的？

「要從學校後面翻牆過去，偷偷去挖洞嗎？」森弘不安地說。

「白痴。」阿菁偷了西瓜的台詞，說：「跟在我後面，什麼話都不要說。」

只見阿菁走到校門口的警衛室，拿出警察證件晃過校工面前，正色說：「警察，有一個案件要找貴校的三年忠班問話。三年忠班今天有沒有留校？」

「啊？案件？三年忠班？」校工怔了一下。

「我們還不確定是不是貴校涉案，爲了校譽請不要張揚出去。」

阿菁把警察證件收回，便頭也不回地走進學校。

我們面無表情地跟在後面。

果然把話說得亂七八糟的模糊，加上語帶威脅，就是唬弄人的王道。

校工提心吊膽地跟在我們後面，不管他問什麼我們都不斷搖頭嘆氣，什麼話也不多說。直到我們來到最後一棟教室的後方樹林，站在那棵十二年前就長在那裡的大樹下，校工還是沒有停止發問。

阿菁大概也掰不出理由，只好沉著臉說：「不好意思，要請你離開。」

「請問到底是怎麼回事？需要請教官回校協助嗎？」校工的表情越來越不解，也越來越不安。

「說過了，爲了校譽……」阿菁看著我。

我只好接口：「我們現在懷疑有學生將涉案的工具埋在這棵樹下，不過在我們實際勘驗之前一切都只是懷疑而已，我們要挖洞了，請你避一避。如果有需要我們會到校門口找你，但如果你看到了洞裡的涉案工具，之後就要請你跟我們到警察局做筆錄，當污點證人。」

「啊？污點證人？可是我什麼都沒做啊！」校工驚愕莫名。

「那就快走啦！安啦，這些警察確認一下而已，沒事就沒事了！告訴你我現在是這個案子的污點證人，每天都要做筆錄，很煩啊！」肥仔龍在校門口擺攤賣雞排，校工也認識的，校工多半以為就是肥仔龍看到學生犯罪。

肥仔龍這麼一說，校工立刻慌慌張張道歉，閃得老遠。

沒有旁人了。

大家站在樹下，這個時候我才意識到了十二年前後的差異。

除了肥仔龍跟我穿著不符婚禮禮儀的T恤球鞋，在賣車的西瓜、跟在中華電信上班的森弘都穿著燙線的襯衫、西裝褲跟擦得閃亮的皮鞋。他們的襯衫甚至還紮進褲子裡——媽啦！

而職業選擇錯誤的阿菁，則穿著不符她個性的小洋裝與高跟鞋。

森弘解開襯衫釦子，第一個將鏟子插下去。

「你們都很會唬爛嘛。」阿菁冷冷地看著我跟肥仔龍。

「好說好說，快點挖吧，不然又要繼續唬爛了。」我毫不居功。

大樹下的土硬得要命，很難往下挖，森弘鏟了兩下便宣布放棄。

「白痴。」

西瓜從教室一樓的廁所工具間拿了塑膠水桶，裝滿了水往樹下狂灑，潑了三桶水後，水慢慢滲進土裡，稍微讓土變軟之後，我們才開始輪流鏟土。

那些埋在土裡的樹根比十二年前更加粗壯、盤根錯節，將土糾纏得好比石塊。

「當年我們有挖得這麼累嗎？」森弘汗流浹背。

「放心啦，我們沒有老得那麼快，而且我們還當過兵咧！」我接手，用力鏟下。

「你當替代役算什麼兵，我是陸戰隊！」西瓜白了我一眼。

「最好是替代役都很涼啦。」我故意將剷出來的土扔到西瓜的腳上。

大家一動手就要有動手的樣子，連唯一的女生阿菁也沒有辦法置身事外，挖到最後，西瓜跟森弘身上的襯衫全都高高掛在樹枝上，滿身燥汗的肥仔龍乾脆連T恤也脫了，露出他的F奶。

只是，當年那個洞比我們想像的還要深。

「當年我們的體力眞好啊。」

阿菁將頭髮紮成馬尾，汗水將她的小洋裝濕透了，露出頗爲姣好的身材。
我跟肥仔龍偷看了阿菁一眼，彼此心照不宣地笑了笑。
只是，到底我們十二年前是在發什麼瘋，把洞挖得那麼深？
一度，我們還在懷疑是不是挖錯了位置，才一直沒有看到當年的水壺。
「有沒有可能……學弟妹把我們的東西挖出來了？」肥仔龍灰頭土臉。
「白痴，最好是別人有那麼無聊。」西瓜接手，避開樹根往下挖。
「說眞的，快點挖一挖回家，我明天還要上班咧。」森弘雙手扠腰。
「幹嘛學楊澤于講話？大家好不容易才聚在一起，別一直想要回去。」我是說認眞的，尤其現在這一場汗水讓我心情輕鬆不少。
起先我們還有一搭沒一搭聊著現狀，而大家對演藝圈的八卦都很好奇，我盡可能將我看到聽到的一切奇形怪狀說給大家笑。我發現，大家對明星私底下有多雞巴比較有興趣，對於誰比較有才華、誰對助理好根本就沒有感覺。
我想，這就是媒體爲什麼喜歡杜撰藝人很難搞、很雞巴、人面獸心的原因吧！
「所以到底你在網誌上寫的，是不是眞的啊？」阿菁漫不經意地問：「報紙上把你寫得一副得理不饒人的樣子，跟你寫的根本就是兩個故事。」

「我在網誌寫的都是眞的啊，幹，連妳都這樣問，讓我很想打妳。」我挖著土：

「老同學了還不知道我嗎？我打人，一向對著臉打。但沒做過就是沒做過。」

阿菁不曉得爲什麼臉紅了起來。

「你說……連妳。」阿菁侷促地說。

「幹嘛，不能不爽嗎？」我瞪了阿菁一眼，將鏟子扔了給她。

又挖了半個小時，大家漸漸不說話了，只剩下簡潔扼要的三字經。

答案，往往就在你快要放棄的時候才浮現出來。

「應該是這個了吧？」發現水壺的，是阿菁。

我們圍過來蹲下。沒錯，當然就是這個登山水壺。

雖然瓶子已經髒得要命，但還是看得出來裡面塞了六張撕開來的考卷。

森弘捏著鼻子，我知道他在想什麼。

「十二年了，那些鬼東西已經……被大自然徹底吸收了啦。」我說，一邊拿著森弘的手把水壺撿起來。

「還……黏黏的。」森弘臉色慘白，拿著水壺的手狂發抖。

「當年的我們，真的是健康到不行啊。」我深感欣慰，說：「快打開吧。」

阿菁拿著樹枝，用力打向森弘的手，說：「不行！」

「不行什麼？」西瓜皺眉。

「忘了嗎？當年你們這些大變態說，如果十年後要打開水壺的話，要全部對著洞再打一次。」阿菁面目猙獰地說。

我們都超傻眼的，阿菁怎麼還記得那種爛約定啊。

「打啊？打啊！」只見阿菁得意洋洋地說：「快打啊，你們當年怎麼排擠我，就再排擠我一次啊，快打啊！」

什麼嘛。

「打就打啊。」我很快就站了起來，將牛仔褲皮帶解開。

這種無聊又丟臉的事，用若無其事的態度去做就對了。

「等等，眞的要打嗎？我們以前只是說好玩的吧。」森弘驚慌失措。

「白痴，約定之所以重要，就是因爲無論如何都要遵守。」西瓜也站了起來，抖了抖，將閃閃發亮的皮帶抽了出來掛在樹上：「是不是男人啊！」

「說得不錯，不過你們打就好了。萬一你們被看到快跑就好了，但我每天都在校門口賣雞排耶。這裡每一個學生都認識我，要是被學生看到我在這裡打手槍的話我以後就不用賣了。」肥仔龍一副成熟穩重的樣子。

「幹，當初是你提議的，現在想逃的話一定會下地獄！」我一把拎起假裝成熟的肥仔龍，重重給了他一腳。

四個三十歲的男人，就這麼肩並著肩，圍成圈圈打了起來。

剛剛才費了一番工夫挖了一個洞，那種硬是要打的感覺眞的很虛。

「我們都三十歲了，爲什麼還要做這種事，我在中華電信上班耶。」森弘簡直快崩潰了：「如果被發現了，我的鐵飯碗就不保了。」

「白痴，有空抱怨的話，不如打快一點。」西瓜倒是一貫的冷靜。

時間很公平，在我們四個男孩慢慢變成四個大人的十二年間，當年唯一的女孩也沒閒著。

沒槍可打的阿菁站在我們後面幫忙把風，但這次她可沒有背對我們避開視線，而是趾高氣昂地在我們後面走來走去，還淨說一些垃圾話配音。

「鼎鼎大名的流星街，竟然參加變態集體打手槍。」阿菁吹著口哨，嘖嘖不已：「萬一被狗仔拍到，又可以上頭條囉。」

「我本來就不走偶像路線好不好。」我沒好氣地說：「就算我專程回母校打手槍被拍到也是我活該我爽，就是不想被編故事。」

阿菁開始唱歌，還一邊拍手打拍子。

那種奇怪的節奏嚴重影響到我們解開封印的速度。

「阿菁，妳可不可以閉嘴！」西瓜稍微回頭咒罵。

阿菁毫不理會，繼續唱她的鳥歌，打她的拍子。

「One little, two little, three little Indians. Four little, five little, six little ……」

我們四個大男人像犯錯的小孩，低著頭氣憤地打著手槍。

好不容易，大家憑著一股同仇敵愾的意念將憤怒射了出來，身體不約而同哆嗦起來。老實說，在解開封印的那一瞬間，我覺得這個世界都超空虛的。

同時拉上拉鍊，四個男人都不想接觸對方的眼神。

「楊澤于那一份怎麼辦？還是要有人幫他打啊。」我疲倦地打了個呵欠。

「我……出門前才打了一槍。」肥仔龍承認：「再打的話會打出血。」

「我明天還要上班，今天晚上還要回家陪老婆。」西瓜淡淡看著森弘。

「看我幹嘛，我明天也要上班啊！」森弘大吃一驚。

「你剛剛好像慢了大家兩秒。」我開砲。

「對，我也有注意到。」肥仔龍附和。

「鬼……鬼扯啦！哪有這樣的！」森弘竭力抵抗。

就在我們相互推託之際，阿菁大剌剌走過來。

不妙，那個瘋女人手中還拿著那一把隨時都裝滿子彈的警槍。

「？」

我的眼睛才剛剛發出疑問的光芒，阿菁就給了我答案。

「這次我也可以參加打手槍了，休想再排擠我。」

阿菁說完，拉開保險，就朝著剛剛被射了四槍的洞裡補開一槍。

碰！

貨眞價實的一槍，轟得洞裡直冒煙。

我們的小雞雞全都縮了起來。

「阿菁，妳是不是眞的瘋了？」森弘目瞪口呆。

「收、好、那、支、手、槍。」西瓜非常認眞。

「……我簡直可以爲妳這一槍寫一首歌了。」我輸了。

無論如何，封印算是解開了。

十二年後的黃昏時分，遲到的我們終於到了，跟十八歲的自己面對面的時刻。

泛黃的考卷發了下去。

除了楊澤于那張還好好躺在水壺裡，每個人都拿到了簽有名字的泛黃紙片。

我承認有點緊張，也有點迫不及待。

我想知道以前的自己在想什麼，也想知道大家的夢想。

「大家……按照約定，輪流把自己的三個夢想唸出來吧。」我對著最容易聽話的森弘，說：「從森弘開始。」

「爲什麼？」森弘迷惘地看著我，看著紙。

「因爲你帶鏟子。」我一副順理成章。

森弘不解，其他人也不解，卻非常配合地點點頭。

「好吧，那就我先唸了。」森弘有點彆扭，將考卷紙打開。

大家屏息以待。

「第一個夢想，我要娶到于筱薇。」

森弘一唸完這一行，所有人都瘋狂大笑起來。

只有阿菁冷淡地對著森弘說：「我就說，你們沒有人會成功的。」

耳朵赤紅的森弘繼續唸道：「第二個夢想，不管花多少錢，拆多少包卡，我一定要收集到一張麥可喬丹的親筆簽名球員卡。這個可以嗎？」

喔喔喔，球員卡嗎！

「繼續啊。」肥仔龍急著想聽下去。

「……」森弘呆呆看著紙片。

「唸啊。」西瓜不耐煩。

森弘難爲情地唸下去：「第三個夢想……我想成爲台灣第一個到ＮＢＡ打球的控球後衛。最好是可以打公牛或湖人。」

這個夢想，我們就不好意思大笑了，只是紛紛伸手巴他的頭。

高中時期森弘的籃球眞的很強，身高僅有一百六十五公分的他仗著鬼一樣的運球、神準的跳投，常常將高他十幾公分的對手電得星光燦爛。

但他現在連中華電信的員工球隊都沒加入。

至於球員卡，那又是另一段回憶了。

從高二開始，我們幾個下課後常常一起去八卦山下的體育用品店櫃台前集合，買ＮＢＡ球員卡。當時我們都是窮小鬼，努力省下零用錢才能買一包七十元的SKYBOX球員卡，或是一包五十五元的Upper Deck或Topps球員卡。更便宜的，則是一包三十五元的ＣＣ卡，買來拆爽的。

我們會那麼喜歡收集球員卡，都是因爲森弘起的頭。

森弘愛打籃球，對ＮＢＡ籃球明星如數家珍，我們被他逼著一起看ＮＢＡ轉播比賽逼出了興趣，就連肥仔龍跟我這種籃球打得超賽的白痴也愛上了看ＮＢＡ。

那些年麥可喬丹還在，當今ＮＢＡ第一後衛的柯比布蘭特簡直就是被電假的。還穿著魔術隊球衣的歐尼爾充滿霸氣，當著大屁股巴克利的面把鳳凰城客場的籃框給灌碎了。歐拉朱萬還在，大衛羅賓森還在，派崔克尤恩還在……我們一起看比賽討論各自支持的球星，就好像在評論彼此養的狗。

有一本專門列出ＮＢＡ球員卡浮動市價的外國雜誌，俗稱「卡書」，哪一張卡價值多少美金都寫得清清楚楚，所以ＮＢＡ的球員卡不只是我們的收藏品，我們也彼此買賣，有時候還會跟其他班的收藏者交易，什麼金卡、雷射卡、全球限量卡、簽名卡都是非常重要的交易對象。

有時候我們誰買到了價值不斐的球員卡，就會買特製的壓克力板將球員卡嵌在中間裝好，整個就是氣勢不凡。我有一張歐尼爾的Rising Stars卡，價值四十塊美金，已足夠讓我裝在壓克力板裡帶去學校整天炫耀。

「現在我家裡，還有一大堆不值錢的卡咧。」肥仔龍幽幽道：「現在那些學生已經不流行收球員卡了，都在打PSP跟wii。」

森弘看著西瓜，說：「該你了。」

西瓜罕見地承認上一個唸出夢想的人，有點名下一個人的權力。只見他打開考卷紙，慢慢唸道：「聽好了白痴們，十年後我的第一個夢想實現，就是你們痛哭流涕的時候，我一定會……嗯嗯。」

我皺眉：「什麼嗯嗯。」

西瓜紅著臉，冷冷地唸道：「我一定會娶到于筱薇。」

這話一說完，我們又是一陣捧腹大笑。

「眞希望你老婆聽到這一段啊，哈哈哈哈哈！」肥仔龍大笑鼓掌。

西瓜沉著臉等我們笑夠了，這才繼續往下唸：「第二個夢想，我一定要開一台比沈主任那台愛快羅密歐更趴十倍的跑車，然後誰也不借。」

阿菁喃喃說道：「是那台總是停在教務處後面的紅色跑車吧？我剛剛從警校畢業的時候還開過那台跑車違規停車的罰單。過那麼多年，那台車現在看起來不怎麼趴了。」

不過，當年那台紅色跑車是眞得很秋條啊，愛快羅密歐在校園裡清一色TOYOTA車陣中更顯得霸氣十足。

車子的主人沈主任，他雖然是教務主任，不過常常撈過界處罰犯錯的學生在中庭走廊站一排，然後用拳頭尻每個人的後腦勺。

「站都站不好！還笑！被罰了還笑！給我出列！」沈主任總是這麼咆哮。

久了，很多被機歪到的人就會拿十元銅板，偷偷伺候沈主任的跑車。

懶惰一點的就劃一條線走人，勤勞些的就簽名「櫻木花道」或「我是男塾塾長江田島平八」。一年三百六十五天中難得有十天沈主任的跑車上是沒有題字的。

每次跑車上出現新花樣，沈主任就會在朝會時大爆發，要我們交人出來。

靠，超北爛的，交什麼啊？

全校只好整個朝會都在操場罰站。

我一巴掌摔向西瓜的後腦袋，說：「誰也不借是怎樣？小氣！」

森弘愣愣地說：「反正又沒有買。」

西瓜瞪了森弘一眼，說：「第三個夢想，就是我要成爲一個很厲害的人，厲害到全公司只有我一個人可以不用穿西裝打領帶上班，我說今天都給我喝可樂，就沒有人敢喝水，就連泡麵也要加煮沸的可樂。」

考卷紙被西瓜直接撕掉，因爲我們笑到眼淚都流出來了。

「我只是年輕不懂事，白痴。」

西瓜淡淡地說，但視線卻飄到掛在樹枝上的襯衫。

話說西瓜是田徑健將，晚間自習前常常一個人跑三千公尺才進教室唸書，滿身大汗坐在教室最後面獨享一台電風扇，邊吹邊背單字。

不管當天有沒有體育課，西瓜總是千篇一律帶體育服裝到學校去換，升旗一結束從操場回教室，他就脫掉制服跟皮鞋，換成自己喜歡的樣子。

我們都算是乖乖牌，愛穿體育服裝的西瓜當然從沒打過老師，卻常常在老師罵他沒唸書的時候故意表演捲袖子，那時我們就會起鬨大叫：「西瓜！不要打老師啦！」、「西瓜！老師罵你也是爲你好啊！」

有時候還眞的會有幾個人衝出來抓住西瓜，把老師唬得一愣一愣的。

那樣的西瓜，眞的很難想像有一天他會乖乖打好領帶、把襯衫紮進褲子裡去上班，若無其事賣著一台又一台自己都開不起的車子。

「換你，白痴。」西瓜看向肥仔龍。

「你每個人都馬白痴。」肥仔龍哼哼打開考卷紙，眼睛瞪得很大。

阿菁翻白眼：「第一個夢想，該不會還是于筱薇吧？」

肥仔龍清了清喉嚨，還眞的跳了第一個夢想，說：「至於第二個夢想嘛，如果十年後第一個夢想沒辦法實現，那我就娶阿菁好了，阿菁，其實妳很漂亮，只是妳太兇了，如果我現在正在唸夢想的時候已經跟妳生了小孩，希望小孩像我不像妳。嗯嗯。」

這個夢想一說完，我們全都嚇得說不出話來。

阿菁現在是什麼表情，也沒有人敢把視線移過去。

頭也不抬，肥仔龍若無其事地看著紙片，繼續說：「第三個夢想，我實在沒有把握能不能實現，就是我想開一家雞排店，最好還可以在校門口賣，生意才會好。」

將紙片放進口袋裡，肥仔龍扭扭脖子說：「講完了。」

我們一個個走上前跟肥仔龍擊掌，大吼大叫。

「天啊！你眞的達成夢想啦！」

「沒想到你這個白痴竟然眞的在校門口賣雞排了，了不起！」

「結果竟然是你贏了，佩服佩服。」

阿菁冷冷走了過來，我們全都自動彈開。

「爲什麼我排在于筱薇後面？」

阿菁拿起手槍，對準肥仔龍的鼻子。

肥仔龍舉起雙手，冷汗瞬間從鼻頭冒了出來。

「爲什麼賣雞排比追我還難？」

阿菁怒道，手槍頂著肥仔龍的下巴。

肥仔龍什麼也不敢說，只是用鬥雞眼盯著那支頂在自己下巴的手槍。

這個時候，就應該做一件事——轉移焦點。

我打開屬於我的那張紙，大聲唸出第一行字：「我一定要娶到于筱薇！」

九個字加上一個驚嘆號，字字勁力透過紙張，突然我有點感動。

那些年我真的像鬼上身一樣，眼中只有手筱薇一個人。

大家把頭撇向我，阿菁手中的槍也漸漸放了下來。

「不錯嘛白痴，希望越大失望越大。接下來呢？」西瓜趕緊接口。

我點點頭，繼續唸：「第二個夢想，我想成為一個可以改變世界的那種人。」

這個夢想一說出口，大家立刻大笑出來。

改變世界啊……當年的我口氣眞大。

當年寫下這幾個字的我，眞的相信我有可能會做到嗎？我有點困惑。

「眞酷喔，想不到你的夢想還滿不小的嘛。」肥仔龍拍拍我的肩膀，把我拍得晃來晃去說：「像我一樣寫賣雞排的話，是不是就比較容易實現呢哈哈！」

「其實也不算沒改變啦，你這白痴寫了那麼多首暢銷歌，很猛了。」西瓜拍拍手。

我看著第三個夢想，突然覺得有點感動。

「聽好了。第三個夢想就是，我想在十年後帶著大家回來挖洞，對，我就是想成為這種人，把大家聚在一起的那種人。」我唸完，高高舉起雙手。

太棒了，連我自己都忍不住佩服自己。

「這個夢想，真的了不起。」西瓜與我擊掌。

「雖然遲了兩年，不過你還是辦到了。」森弘與我擊掌。

「還不錯的夢想，嘖嘖嘖。」阿菁用沒拿槍的右手跟我擊掌。

「帥喔，算給你扳回一城。」肥仔龍最後也給了我一掌。

只剩下阿菁了。

我等著阿菁唸出當年的第一個夢想：「結婚。」大家一定會笑到瘋掉。

遲遲沒有動作的阿菁被我們四個圍著，用監視的氣勢緊密包住。

「幹嘛啊？我唸就是了。」

阿菁不耐煩地打開考試卷紙，說：「第一個夢想，我想……我……」

「？」我故意挨近要看。

卻見阿菁以迅雷不及掩耳的速度將考試卷紙揉成一團，往圍牆後面一丟！

樹林圍牆後面是一片半荒廢的稻田，稻田跟圍牆中間還有一條臭水溝，紙團要是摔進了大水溝，就算我們翻出圍牆也找不回來啊。

但阿菁忘記了一件事……她應該看好她丟出紙團時的方向，究竟站了誰。

森弘奮力跳了起來，高高一勾手，硬是將紙團從空中攔截。

「太奸詐了吧？」森弘皺眉。

阿菁慘白著臉，我看她意識完全陷入了空白。

「靠，給我唸。」我從森弘的手中拿回紙團，塞在阿菁手中。

「別再搞花樣啦白痴，大家都唸了，也都被笑了，妳別想逃避。」西瓜冷眼。

阿菁退無可退，只好用異常遲緩的速度打開紙團，虛弱無力地唸著：「第一個夢想，我想……我想……我想結婚。」

大家忍著笑，但肚子已經劇烈震動起來，我們得靠避免眼神交會才能克制住火山爆發等級的大笑。

阿菁沒有往下唸，只是嘆了一口很長的氣。

「繼續啊？」我深呼吸，壓抑住笑意。

「第二個夢想，我想成爲一個警察。第三個夢想，我想成爲一個善良的人。唸完了，夠了吧？」阿菁快速唸完，把紙片重新揉成一團，作勢又要丟。

不知道爲什麼，我第六感大爆發，一個眼神射向森弘。

當阿菁再度扔出紙團的瞬間，接到我訊號的森弘更快速地跳起來，像搧火鍋一樣將紙團整個巴在地上。西瓜跟肥仔龍同時叫了聲好。

我撿起，交回給整個人快要哭出來的阿菁，擠眉弄眼說：「別唬爛了，認眞一點唸啊，別忘了我們的約定。」

這下什麼辦法也沒了，阿菁一改剛剛的魂不守舍，咬牙切齒地說：「唸就唸，不過我要先聲明，十二年前的我是個大笨蛋，我寫的通通都不算數。」

「快啦！」森弘的手指猛敲手錶，說：「都幾點了，明天我還要上班耶！」

阿菁用力唸出：「第二個夢想，我想變得跟于筱薇一樣受歡迎。」

我怔住了。

大家也怔住了。

阿菁繼續吼叫：「第三個夢想，雖然不可能，但我想跟陳國星約會！」

這下我全身僵硬，簡直無法動彈。

森弘、西瓜與肥仔龍難以置信地看著我，又看了看將紙片揉成一團、站在原地大吼大叫的阿菁。阿菁叫得很淒厲，然後直挺挺站著大哭了起來。

慘了，我們竟然把史上最強的阿菁弄哭了。

不管是十八歲還是三十歲，女孩哭，男孩就沒轍。

何況是阿菁！

「喂，對不起啦。」森弘口齒不清地道歉。

「對啊，人家就不想唸，你幹麼把紙團搶回來啊。」肥仔龍落井下石。

西瓜無言，只是看了看置身阿菁夢想之一的我。

「……」我呆呆看著哭得超崩潰的阿菁，完全無法挪動一根手指。

天啊，原來阿菁喜歡我！

我太震驚了，從國中開始阿菁就一直跟我們這幾個臭男生混在一起。

掃地時間一起爬圍牆出去買雞排買甜不辣。

體育課打籃球分組，我負責守阿菁，被電到不知道自尊心三個字怎麼寫。

高二西瓜好奇從訓導處偷了一包菸，大家一人一根，阿菁也邊抽邊咳嗽。

我們太要好了，導致很多感覺都變得很粗。

「對不起。」我感覺到耳根子滾燙。

「你們都欺負我！你們都只喜歡于筱薇！你們都只會排擠我！」阿菁嚎啕大哭：「我去唸警校都是你們害的！你們都欺負我！」

沒有人看過阿菁哭，更別提哭得這麼慘。

氣氛很尷尬。

正當我一直在苦苦思索要說什麼打破僵局時，肥仔龍慢慢靠近阿菁。

「喂，哭什麼啊？我也有寫我要娶妳啊，誰欺負妳了啊？」肥仔龍不解。

「可是你先要娶于筱薇啊！」阿菁哭個沒完。

「我當年可是滿喜歡妳的啊，就算排第二，也還是很喜歡啊。」肥仔龍一直盯著大哭的阿菁：「贏徐若瑄跟廣末涼子耶！」

「反正你們都欺負我！你們欺負我！逼我唸夢想，就是想笑我！如果我沒有哭，你們現在一定在笑！一定在笑！」阿菁哭得抽抽噎噎，像個十八歲小女孩。

沒錯。

如果妳沒哭，我們一定在笑。

而且一定會笑到妳抓狂再開槍爲止。

我看西瓜，西瓜看森弘，森弘又看回了西瓜。

那麼，就由西瓜開始吧。

「阿菁，我們都很喜歡于筱薇。不過……」西瓜拿著鏟子，輕輕插在土裡。

「但不管我們再怎麼喜歡于筱薇，十二年前跟我們一起挖洞的女生，是妳，不是于筱薇。」我笑笑地說：「就因爲是妳，我們才會什麼都說給妳聽，跟妳一起收集球員卡，還敢背對著妳一起打手槍。」

「這是……妳的特權。」森弘抓抓頭，難爲情地說：「應該是這麼說的吧。」

阿菁紅著眼，含著大把鼻涕，抬起頭。

「我們偶爾會欺負妳，但我們很喜歡跟妳在一起混。有幾次妳開警車經過學校門口，跟我買雞排吃，幹我哪一次算過妳錢？」肥仔龍這一擊有點鳥掉了。

「……」阿菁勉強止住了哭泣。

我看向森弘。

最後一句話，由看起來最老實的森弘來說再合適不過。

「所以，某個方面來說，妳比于筱薇還要受歡迎啊。」森弘認真說道。

阿菁臉紅，眼睛看著地上的洞。

肥仔龍看著我，有點羨慕地說：「話又說回來，沒想到阿菁喜歡陳國星呢，好好喔。」

我漲紅著臉，但故作不在乎道：「阿菁都說她亂寫的了。」

阿菁的頭垂得更低了。

西瓜搖搖頭，架著我的脖子說：「白痴，如果我們今天只是把夢想挖出來看一看，那不是哭八無聊嗎？既然大家都聚在一起了，就稍微延長一下計畫，所有人都要幫對方完成部分還能達成的夢想，怎樣？」

這個主意，還眞不賴耶！

卻見肥仔龍整個人狂震了一下。

「那就是說，今天我要娶阿菁？」肥仔龍張大了嘴，手指指著自己鼻子。

「不是吧，按照順序應該是……陳國星先跟阿菁約會，然後再跟肥仔龍結婚，這樣比較不那麼奇怪。」森弘異常認真執著地說道。

「什麼！搞了半天你們還是在欺負我！」阿菁突然大爆發，拿起槍對著我們一陣亂晃，大叫：「你們統統是壞蛋！身分證！駕照！健保卡！」

我看著阿菁這樣亂發飆，突然有股感動。

她偷偷喜歡我那麼久，我卻不知道。因爲我忙著喜歡于筱薇。

感動之後，是衝動。

我的身體在大腦進行思考前就做出行動。

我的手伸出，輕輕按下阿菁拿著警槍的左手，然後用力握住。

「不關西瓜，也不關森弘跟肥仔龍的事，我，嗯，想跟妳約會看看。」我臉紅。

「看看……看看是什麼意思？是假好心給我機會嗎？」阿菁發抖。

阿菁的語氣充滿了被欺負的憤怒。

可她的手卻沒有掙脫我的手。

「約會也不錯啊，今天晚上我們就一起約會，然後順便一起幫森弘跟西瓜，實現他們當初的夢想吧。」我說，輕輕搖著阿菁的手：「當然啦，楊澤于的夢想我們等一下幫他拆開後，也會幫他實現。」

「……」阿菁臉又更紅了。

阿菁的個性像個男孩子，但手，卻比我牽過的任何一個女孩要軟。

如果你問我，爲什麼我要在這個時刻牽起阿菁的手，說要跟她約會？

我會說，我不知道。

你問我是不是也喜歡阿菁？

我會說沒有，但就是很感動。

你問我是不是因爲同情阿菁，才用憐憫的心態賞她一次約會？

我會說不是。

用比較細膩的文字來說，應該是：我抱著很感動的心情，想對十二年前的阿菁有所回應。這個道理如同我苦苦追求于筱薇那麼多年、卻從未牽過于筱薇的手；但若現在于筱薇笑笑將我的手牽起來，我大概會立刻寫出一首歌吧！

「等等！」

肥仔龍呆呆指著自己的鼻子，好像我們刻意忽略他一樣。

「你第二個夢想比較複雜啊，今天晚上過了以後，自己想辦法。」我說，將視線瞥向據說要被肥仔龍娶走的阿菁。

「……」阿菁什麼也沒說，收起手槍，乖得像一隻貓。

森弘看著我，問：「等等，你剛剛說到楊澤于的夢想？」

我理所當然地看著水壺裡最後一張考卷紙，說：「誰教他沒來，當然是我們幫他唸啊！唸完了，就順手幫他實現夢想吧，這是作朋友的義氣。」

西瓜說幹就幹，立刻就從水壺裡撈出考卷紙，打開。

我們都好奇地靠了過去。

西瓜邊唸，眼睛邊瞪得老大：「我的第一個夢想，就是打王教官。」

「打王教官？」我們的脖子一起歪掉：「不是要娶于筱薇嗎？」

「我的第二個夢想，就是打王教官第二次。」西瓜的五官扭曲起來。

「我不信。」我伸手拿過西瓜手中的考試紙，繼續往下唸道：「我的第三個夢想，就是打王教官第三次……挖靠，楊澤于是瘋了嗎？這麼想打王教官？」

西瓜看著我。

臉上寫著：那要怎麼辦？要幫楊澤于那個白痴打王教官嗎？

森弘看著我。

臉上寫著：打王教官好麻煩啊，可以不幫楊澤于打王教官嗎？

肥仔龍看著我。

臉上寫著：可不可以把阿菁的手借我牽一下啊，好像不賴耶。

我呢？

如果我打了王教官，又得上一次水果日報的雞巴頭版。

「那……打王教官這種事，就等楊澤于下次回來時再一起去吧。」我試探性地問大家：「他不在，我們就幫他打，好像也怪怪的咰？」

大家點頭如搗蒜。

不過既然大家都同意今天就讓我們豁出全力幫忙彼此實現夢想，那麼，雖然有些夢想比較接近癡漢妄想、不可能實現了，但還是可以從一些近一點的夢想開始幹起。

例如……

「現在才六點五十，還早。」

我提議：「我們一起去買森弘的球員卡如何？」

麥可喬丹的簽名球員卡，不用說肯定很貴，印象中在十年前，具最高級檢定證書的一張卡片就要兩百塊美金，現在不曉得叫價到多少。

「球員卡……其實我沒有在收集了啦，不用去買沒關係。」森弘難爲情地說。

西瓜一拳敲在森弘的後腦勺，罵道：「白痴，沒志氣，以前我們拆不到麥可喬丹的簽名球員卡，也買不起，現在你難道也買不起嗎？」

森弘反駁：「是眞的沒在收集了啦，以前買的那些也放在紙箱裡，好幾年我連打開都沒打開過咧。我們先去做別的事，比較不會浪費時間啦！」

肥仔龍用力拍著森弘的肩膀，大聲道：「別推辭了，幫朋友實現當年的夢想是一件很酷的事，你是想逼我們變成沒義氣的混蛋嗎？」

森弘不斷抗辯，整個人手足無措：「眞的！不用買了啦！眞的沒收集了啊！」

也許森弘是對的。

我想他也沒必要說謊。

當年我買了一大堆球員卡，幾千張絕對有，淘汰了重複的卡片跟名不見經傳的球員後還有滿滿兩大紙箱。可高中畢業之後，大家各自上了大學，我就沒再去過那一間體育用品店了。

因爲那裡只有球員卡，沒有大家了。

我們一直打森弘的頭，但森弘還是一直搖搖手侷促地說不用麻煩了。

「那就是說，你想讓十二年前的王森弘失望了？」阿菁開口。

森弘愣了一下，像是瞬間看見獅子的兔子。

我用很佩服的眼神看著阿菁，她頓時又低下頭來。
森弘不再反抗，聳聳肩，默認大家得幫他這一把。
「那就，這麼說定了。」西瓜踢了一腳土到洞裡。
於是我們將土鏟回洞裡，填滿，一齊將土用力踏平。

這個感覺眞奇妙。
回想起來，那年我爲什麼要大家跟我一起把夢想寫在紙上？
我自己一個人，也可以寫，也可以挖洞埋啊。
爲什麼要嚷著大家一起做呢？
也許，我在十二年前就夢想著這一刻的神奇感覺。

CHAPTER 5

麥可喬丹的簽名球員卡

從樹枝上取回襯衫穿上，森弘跟西瓜又是一副有爲青年的模樣。

裝作若無其事走出學校時，校工慌慌張張跟在我們後面，問東問西的。

「不好意思，請問需要通知教官嗎？需要我怎麼配合嗎？」

阿菁酷酷地說：「暫時找不到關鍵性的甲級證據，過幾天再做一次確認。」

校工像是鬆了一口氣，忙著道謝又忙著道歉。眞是太難爲他了。

太陽只剩下地平線上的一點餘暉，今天已經過了大半。

——但眞正精彩的絕地大反攻才正要開始！

「大家一起開一台車就好了吧？大家集體行動才有意思，進市區也比較好停車。其他四台車就暫時放在學校這裡吧，反正有校工幫我們顧著。」我說。

大家都同意。

問題是，要開哪一台車？

「開警車很秋耶！」森弘躍躍欲試。

阿菁舉起我的手，淡淡地說：「我沒辦法一邊開警車，一邊跟陳國星牽手，別忘了我們還在約會。我的警車停在校門口就好了，事情結束我再回來開。」

「警車一直停在校門口……不要緊嗎？」我怔了一下。

「沒關係，我常常這樣。」阿菁一本正經。

是的，這位女警還常常拿槍逼我們交出身分證跟健保卡咧！

於是我們坐上西瓜的車。

肥仔龍最胖，毋庸置疑坐在前面副座。

我坐在西瓜後面，森弘坐在肥仔龍後面，阿菁是唯一的女生，坐在我跟森弘中間，她的手還是跟我的手用剛剛好的力道牽在一起……正在約會嘛。

在中山路德國福斯展場賣進口車的西瓜，自己開的是便宜的國產TOYOTA VIOS，老實說，這真是尷尬啊，雖然業代不一定得開自己賣的車，但對於夢想二十八歲的自己能夠開一台很趴很秋的跑車來說，現實人生未免相去太遠。

「原本這應該是一台超猛的跑車的啊。」森弘白目地說。

「好擠。」肥仔龍抱怨：「排氣量是不是才一千五而已啊？載我們五個人好像有點跑不太動喔？」

西瓜一邊開車，一邊將手機的耳機塞進耳朵裡，按下撥號。

「老婆……我今天跟朋友在一起吃晚飯，然後陪朋友買一個東西，晚一點才會回家喔。對，就是陳國星那幾個啦，好，我會幫妳跟他要簽名的，放心啦我要他簽一百個也沒問題。嗯，知道了，那我吃過晚飯才回家，皮皮的作業就麻煩妳一個人盯囉。好，沒問題，眞的啊就陳國星，王森弘，肥仔龍，還有阿菁……對，就是那個我提過的阿菁，嗯嗯，對了我們婚禮阿菁也有來啊……」

我們聽著西瓜跟老婆鉅細靡遺地報告他不能回家的原因，每個人都注意到，動不動就把白痴掛在嘴巴上的西瓜，一次也沒有把白痴幹出口。

眞的是，被老婆養的很好啊。

我們大概在車上聽西瓜跟老婆報備了快十分鐘，這才等到手機掛斷。

「……」大家都用一種嘲笑的眼神看著西瓜。

「看三小？」西瓜握著方向盤，冷淡地說：「要笑就笑啊，白痴，你們這些還沒結婚的人，根本不曉得結婚對一個人的人生有多大的影響。」

森弘不解：「大家都知道結婚是怎麼一回事啊，你有比較特別嗎？」

是啊，沒結過婚，也看過很多結了婚的，自己的爸媽不就是基本款嗎？

西瓜露出嗤之以鼻的表情，說：「如果我的薪水不用拿來養老婆養小孩，我也可以拿去養跑車啊，買一台一百五十萬的進口車，分期五年，一個月月付兩萬八，扣一扣每餐都喝蔬果五七九就搞定了，但老婆跟小孩可以學我每餐都喝蔬果五七九嗎？幹！他媽的長大了，夢想難免要跟現實折衷，這才是長大。」

跟現實折衷，這才是長大……是嗎？

開著被折衷了的TOYOTA，西瓜整個人就是度爛。

車上瀰漫著一股負面的能量。

話說西瓜得知他當爸爸的那一天，我們每個人都接到了電話。

還記得那一通血淋淋的對話發生時，我正在第二首歌的主旋律上鬼打牆。

「幹，我當爸爸了。」

二十二歲的西瓜，正在大學第四年最後一學期裡掙扎。

「沒有帶套嗎？還是純粹意外？」

我摔在床上，看著宿舍天花板上的老舊電風扇以快要掙脫螺絲的姿態，嗚咽地旋轉：「我要決定我要說活該咧，還是說恭喜咧？」

「……沒帶套。」

「活該……不過，也恭喜！」我科科科笑了起來：「我要當叔叔了！」

「白痴。」

「哈哈，不過所以呢？不會只是想打電話跟我告解吧？」

我聽到粗粗震動的聲響，似乎西瓜在電話那頭深呼吸。

「……你有多少錢，可以先借我幾千塊嗎？」

幸好，當時第一筆寫歌的收入還沒匯進我的戶頭。我只能說抱歉。

在西瓜打給已經在大賣場打工兩年的肥仔龍前，先打給了森弘。

這個選擇至關重要。

後來聽了西瓜轉述，森弘跟西瓜的手機對話非常經典。

「幹，我要當爸爸了。」

「這種事啊……那，要打掉嗎？」

「啊？你贊成打掉嗎！」

「如果有找到可靠的道士，打掉也不是不行啦。」

「什麼意思？」

「嬰靈啊，沒有出生就被打掉的小孩，怨氣很重的，會一直纏著你不放，輕一點讓你工作不順利，生病又好不起來，半夜起來上廁所連自己家裡也會迷路……道士找強一點的才有辦法解決啊。」

「幹你在說什麼啦！」

「就是那些靈異節目說的啊，嚴重的話你會出車禍，再來就是躺在加護病房時看見奇怪的東西，例如全身發出綠光的嬰兒、還是在地板上彈來彈去的嬰兒的頭，洗澡的時候遇到停電又停水，想出去，門卻打不開……再來就是……喂？喂？」

「再來會怎樣啦幹！」

「再來就是出第二次車禍啊！」

就是這一通關鍵的恐嚇電話，讓西瓜從一個準備借錢帶小女友去夾娃娃的窮小子，搖身一變，變成一個去小女友家裡罰跪十八小時的小壞蛋。

西瓜結婚的那一天，雙方家長都缺席了，只有我們幾個好友到場力挺。

在杯盤狼藉的海鮮餐廳裡，我們輪流表演才藝，我一連清唱了六首我自己寫的歌，森弘表演很乾的胯下運球，肥仔龍花錢請了兩個上了年紀的脫衣舞女郎代替自己表演——你可以想像那有多轟動！

「幹這兩個有沒有四十歲啊？」我大笑，舉杯。

「媽啦你們只會嘴砲，是我一個人出的錢耶！」肥仔龍很幹，舉杯。

原本我們以爲肥仔龍在好友的婚禮上請老女人跳脫衣舞已經很絕了，沒想到正在準備考托福的楊澤于更絕。

他表演了一段非常白爛的英文秀：楊澤于一邊看著在婚禮台上放映的周星馳電影，一邊用字正腔圓的語調將那些對白同步翻譯成英文……這一段長達九十分鐘的冗長表演，沒有人覺得有趣，也不曉得他這麼搞到底是在衝蝦小，但也因爲如此，所有人都因爲楊澤于的白目笑翻了。

後來我將那一天晚上去喝喜酒的情境寫成了一首屌歌，你一定沒聽過，因為沒有歌手願意在專輯裡收容我那首歌。

——「嬰靈大追殺，我那忘了穿衣服的屌！」

後來西瓜從大學畢業時，小孩子皮皮也正好出生，迎接他的是快去當兵的爸爸、努力學習跟西瓜爸媽相處的小媽媽，以及一堆興奮異常的叔叔阿姨。

我們在人生週期表上首度落後西瓜，往後的八年也沒能趕上。

「說起來，我們幾個裡面，就只有西瓜一個人結婚了呢。」肥仔龍試著稍微轉移話題：「森弘，你一直沒找到對象吧？」

森弘無辜地說道：「我之前都玩奇摩交友啊，現在都上無名留言，我很努力在找了啦，不過緣份還沒到的感覺。」

一直在正妹的無名網誌上亂槍打鳥地留言，聽起來就是怪叔叔的行徑啊。

阿菁倒是自己招了：「我媽媽幫我安排過幾次相親，但對方一直不交出身分證、駕照跟健保卡，我覺得不適合我。」

靠北，我倒是可以想像是什麼樣的畫面，我很同情那些去相親的男人。

可已經被度爛到的西瓜兀自不停口：「白痴，正確來說，就只有我順利長大到三十歲。森弘，你的性經驗除了手之外還有別的嗎？我敢打賭你一定常常買新的硬碟！」

「……我有認眞在買書學搭訕了啦。」森弘委屈地說。

「那種爛書就是專門賣給像你這種臭阿宅的！還有肥仔龍，你每天都一邊在校門口賣雞排一邊偷泡高中女生，你是不知道恥字怎麼寫嗎？人家年紀還小耶，就要被你這種白痴中年大叔調戲！萬一心靈受創怎麼辦？」

「我？中年大叔？」肥仔龍顯得很吃驚：「我才三十歲耶。」

「白痴你還知道自己三十歲了。楊澤于不在這裡我就姑且不說他了，不過幹陳國星你根本就定不下來，你還記得住幾個女朋友的名字？」西瓜說上了火。

靠，又是一個被報紙養壞掉的人。

我快速反駁：「喂喂喂，我這輩子就交過四個女朋友，四個女朋友的名字不會很難記謝謝。」

「對啊，報紙上不是說，你有一個圈外女友嗎？」阿菁問。

「嗯，小惠，最近分手了。」

「是因爲水果日報那件事嗎？」阿菁鍥而不捨。

「扯妳的蛋，完全不相干啊。就只是找不到想繼續交往下去的感覺，所以就提分手了。」

「聽不懂，你不愛她了嗎？」還是阿菁。

「……」我傻眼。類似的對話不是在于筱薇婚禮上已經播映過一遍了嗎？以下這些話，其實我已經說得很熟練了，因爲我不停地跟小惠說過很多次。

要一直交往下去，也沒什麼不可以。畢竟有愛。

但怎麼說那種「畢竟有愛」都缺了一種瘋狂的質素。

我很喜歡那種爲一個人癡狂的感覺，爲一個女孩不斷寫歌，爲一個女孩在電話裡不小心說漏的一句話徹夜失眠，爲一個女孩不斷不斷去她常去的咖啡店枯坐等待……任何得過失心瘋的人，都會知道那種心臟隨時都在拚命怦怦跳的感覺。

愛情有很多種，我沒辦法否定愛情展現出來的種種形式。

但我知道自己特別特別喜歡這一種。

小惠很好。

但相處久了，那種「非妳不可」的感覺漸漸淡去。

明明有愛，卻因爲我失去特定的感覺而提分手，對小惠不公平。

若繼續下去，遲早會因爲失去熱情而褪去這段愛情裡的其他感覺，接下來，就只是無限制拖時間罷了。再來當然也不會結婚。

除非……試紙出現兩條紅色的槓，而我又接到來自森弘的恐嚇電話。

我的見解說完，森弘那小子竟然給我做筆記。

「做什麼筆記啊？追女生不需要做筆記！」我笑罵。

「可是你講得很有道理啊，我想記下來，下次當作是我自己講的話說一遍給喜歡的女生聽，你不介意吧？」森弘無比認眞地看著我。

害我很想打他。

西瓜慢慢踩煞車，停在紅綠燈前。

「陳國星，你這是爛人提分手的標準藉口。」西瓜看著後視鏡裡的我。

「我只是實話實說。」我承認：「如果這是爛人的藉口，我當爛人也沒關係。」這也沒什麼好不承認的。

森弘又給我低頭抄筆記：「這句不錯，很有魄力。」

「既然要記，那就再加上一句……總比某人說，早知道在十八歲就把輸精管焊死，當誠實面對自己感覺的爛人要強多了。」我用腳踢了踢坐在我前面的西瓜。

紅燈轉綠。

西瓜洩恨似地重踩油門：「結婚是不自由，但你當每個結婚的人都是白痴啊？結婚當然也有結婚的爽啊！」

雖是故意重踩油門，不過VIOS的瞬間加速度並沒有讓滿座的我們感到傳說中的「貼背感」。西瓜似乎又敗了一次。

「對啦，再過十年你四十歲，你兒子就十八歲了。他上大學以後你可能就有錢買跑車了。再十年，撐一下喔！」我哈哈大笑。

「你當西瓜不用幫他兒子付大學學費啊？」阿菁轉頭過來。

西瓜衝車大叫：「白痴！我一定會逼我兒子半工半讀，給我辦就學貸款！」

「如果不小心又有了，西瓜的跑車又要等一等了。」森弘很認眞。

「白痴！閉嘴啦！」

西瓜一手抓住方向盤快轉向左，右手朝後座比了根中指。

技術眞好，拿來開跑車一定很殺。

話說我有時從台北回彰化，打電話叫西瓜出來喝個啤酒都超困難，他不是忙著交車，就是在家裡陪小孩玩積木、寫功課。

只有一次西瓜打電話叫我跟他一起去家樂福，因爲他要買兩個新櫃子一個人搬太重，我可以當免費的工人。我們買了一堆木板組合家具，跟他一起回去他家把東西組一組後，順便吃他老婆將晚餐沒吃完的飯煮成的粥當宵夜。

我看著以前的田徑健將西瓜肚子凸起了一塊，整天穿皮鞋，還滿無言的。

車子以非常俐落的角度，倒飆進路邊停車格。

「到了，你們這些白痴都給我滾下車。」西瓜解開安全帶。

我們下車，就像以前一樣推開聚會過數百次的運動用品店大門，迎接我們的是門上既熟悉又陌生的搖鈴聲。我們魚貫走了進去。

店裡沒幾個人，只有兩個國中生站在籃球鞋架前討論。

這間體育用品店很老了，裡面的裝潢沒什麼變，東西卻越堆越雜，天花板不夠高，燈管也沒那麼亮，視覺上顯得很擁擠，已經跟不上那些越開越多、窗明几淨大空間的連鎖新店。

老闆沒有換，依舊是那一個戴著深咖啡色膠框眼鏡、頭髮持續維持當年很流行的絕對中分的男人，只是眼角多了很多皺紋、身形看起來稍微矮了點罷了。

這就是老店最讓人安心的部分。

「老闆，我們要買卡。」我的手肘架在玻璃櫃上。

跟以前一樣，玻璃櫃下擺了好幾十張用透明壓克力板裝好的ＭＬＢ、ＮＢＡ球員卡展示，只是這幾年ＮＢＡ已經沒什麼在看了，新球星認識不多，倒是因為王建民跑去大聯盟Ｋ死那些老外，對ＭＬＢ的一些洋面孔倒是看熟了幾個。

坐在櫃台後面的老闆，正一邊吃飯一邊看高爾夫球比賽轉播，撇頭看見我們五個人擠在櫃台前，放下碗筷走了過來。

「喔，你們還有在收喔？」老闆認了出來，表情中驚訝多過於高興，看向我，又說：「陳國星，你現在很紅喔，還流星街咧，前幾天報紙上還有看到你。」

「看蝦小……叮噹啦，報紙都亂寫的。」我翻白眼。

「那個抄你歌的高中生本來就很白爛，叫你經紀公司告他是對的。」老闆亂七八糟地挺我：「沒必要同情高中生啦，上次有兩個高中生到我店裡偷鞋子，被我抓到以後還不承認，我要搜他們書包他們就放話要告我，聽清楚……說要告我喔！他們還當場打電話要他們家長叫立法委員來店裡，嗆聲看誰的後台比較硬。要打電話？幹我是不知道一一〇怎麼按喔！就一一〇給他按下去啊，逼得我真的打電話叫警察過來搜書包。這下人贓俱獲啦！你說我這樣火不火？」

「幹我沒有要告啦，報紙亂寫的。」我沒好氣地說。

但老闆已經演講上了癮，繼續幹下去：「最好笑的是，我跟警察準備押他們去派出所時，那些家長到了店裡還破口大罵，說我怎麼不給那兩個小、孩、子、機、會！幹剿我怎麼不先在店裡等家長到了再溝通、再叫警察，弄到大家都要到派出所做筆錄咧？去你媽咧，最後竟然變成是我不對！」

「老闆，幹我就說我沒有要告啊，報紙亂寫的啦。」我虛弱地強調。

肥仔龍一手勾著森弘的脖子，大聲轉移話題：「老闆，我們今天要買麥可喬丹的簽名球員卡，要有認證的喔。」

「那個啊，我自己就有一張啊……」老闆伸手彈去嘴角沾了蛋黃的飯粒。

順著老闆彈出的飯粒，我們看向櫃台後面牆上掛了幾張特別裱框過的球員卡，不只球員卡鑲在裡頭，還附上了Beckett公司正式認證的十級簽名證書放在旁邊，獎狀一樣的大小，有模有樣。

其中最顯眼的一張，上面還有小盞鹵素燈的光特別打在上頭，閃閃發亮。

——那不就是籃球之神，麥可喬丹正在運球的迫人帥樣嗎？

「看一下。」森弘眼睛微微發亮。

我們也都精神一振。

老闆可得意的呢，沒見他轉身去取，只是從櫃子下面拿出一個小型望遠鏡，遞過來說：「不好意思啊，每天都有太多人指名要看那一張麥可喬丹的簽名卡了，拿來拿去的很麻煩，你們就將就一下吧。」

用望遠鏡？會不會太秋了！

「可是我們要買的話，就要拿給我們看一下啊。」說是這麼說，我還是接過了望遠鏡。

「買？跟誰買？我只是放給客人看，我不賣！」老闆科科科地笑了。

雖然無法達成目的，我們還是輪流用望遠鏡看了一下。

乖乖不得了，麥可喬丹原本就夠酷了，而那種好東西限定用望遠鏡看，更有一種不可褻玩的高級感，看來老闆真會做生意。

那張是隸屬二〇〇四至二〇〇五年Upper Deck Ultimate Collection trading Card series的球員卡，麥可喬丹穿著號碼二十三的白色公牛隊服，右手運球正要衝出。藍色的簽名字跡很明顯，讓整張球員卡頓時亮了起來。

「說真的，到底要賣多少？價錢不是問題。」西瓜放下望遠鏡，淡淡地說。

森弘恐慌地瞪著西瓜，說：「價錢當然也要考慮啊！」

我瞪著森弘，又看向老闆：「不，價錢不是問題。至少不是大問題。」

「不賣就是不賣，那張卡片是鎮店之寶，賣了，我連這具望遠鏡也得一併賣了。」

老闆用手指敲敲我手肘底下的玻璃櫃，說：「你們要買，就買這些吧，有些是寄賣的，有些是我自己以前的收藏，都是好貨，從二十幾塊美金一張到一百多塊美金一張都有，挑挑看？」

「白痴，我們只要麥可喬丹。」西瓜以前跟老闆說話就一直這樣。

老闆也沒生氣，只是沒有去取牆上那張裱框球員卡的意思。

「如果不要親筆簽名的超限量版本，我還有這幾張，不錯喔，你看這一張喬丹復出後的明星賽紀念卡，一比三十的喔……還有這一張，貨眞價實的奧運夢幻一隊，一比二十五，也不容易拆到啊。還有這一張是喬丹的菜鳥卡，我記得卡書上寫是一比十，現在可夯了……」

那些喬丹球員卡當然都很棒，全部都是我們被迫穿著高中制服的那些年，無法撒銀彈獵取的好貨。

但此時此刻出現得不對，我們連看也不看，只是望向森弘。

在我們充滿逼迫的眼神夾攻下，森弘滿臉通紅。

「……」森弘支支吾吾地說：「我只要有喬丹本人簽名的。」

「說得好啊！」我們一起用力巴著森弘的頭。

「水啦，就是要這樣。」阿菁也沒有放過趁機巴森弘的機會。

老闆兩手一攤，對我們的堅持無動於衷。

「出個價。除了少女的愛，什麼東西都有個價。」我展現氣勢。

老闆面無表情，說：「辦不到。」

「出個價。」肥仔龍抖腳：「出個價出個價出個價出個價出個價。」

「不賣就不賣啊，你們要的話可以去網路上找看看啊，拍賣裡或許會有。」老闆無動於衷。

行情價多少錢我實在不知道，不過麥可喬丹明明就還活著，簽名球員卡想來也不可能太貴。我想算它個兩、三萬也就很多了。

……不過在那之前，我得先毀滅老闆的嘴砲。

我隨口說：「我們出一百萬，買那一張卡。」

老闆眼睛瞪得很大，瞬間說不出話。

「不要啦！一百萬耶！」森弘用力一拳搥在我的肩膀上。

「……」西瓜、肥仔龍跟阿菁也同時傻眼了。

老闆還在巨大的驚嚇中，一時不知道該說什麼。

「九十萬，現在我們只能出九十萬。如果你繼續考慮下去，每十秒就少十萬。」我看著錶，用電影裡賭神的冷靜氣勢說著非理性的話。

「……」老闆的表情陷入奇怪的糾結。

「八十萬。」我看著錶。

「陳國星你吃大便啦！」森弘想一拳揍倒我，卻被阿菁拿著槍按住腦袋。

老闆像是鬆了一口氣。

「不賣。」老闆瞥了一眼後面的麥可喬丹。

「七十萬。」我絕不放棄。

「陳國星你胡說八道夠了喔。」老闆微笑，說：「說起來也要謝謝你們，原來在球員卡的迷戀裡，我是一個可以抵抗得了一百萬的收藏家啊。不過眞的不賣，倒是你們要買，我可以幫你們打電話問問看我認識的幾個收藏家裡有沒有人願意割愛的。怎樣？」

也是，收藏球員卡的人不少，我們用眼神迅速溝通一遍。

「不過我們今天晚上就要，這是底線。」阿菁收起頂在森弘頭上的手槍。

「不能太少錢的。」肥仔龍很堅持：「那種幾十塊錢美金的我們不要。」

「白痴，最好是有幾十塊錢美金的喬丹親簽啦。」西瓜在店裡隨意運球。

「幹嘛一定要我買貴的？我也可以買稍微不貴一點的啊！」森弘臉色發白。從他剛剛一進到店裡，就一直處於不斷流冷汗的狀態。

是嗎？

那樣你爽，我們不爽啊！

我很遺憾地巴了森弘的腦袋一下，說：「我們可以對不起十二年前的你，但你自己可要對他好一點啊！錢再賺就有了，但今天晚上一過，青春就甩尾加速飆走了。加油森弘，你可以的！」

森弘無言。

「……到底是在趕什麼啊？」老闆咕噥了一聲，轉身到後面翻電話資料。

老闆開始一個一個打電話問，而我們就晾在店裡乾等。西瓜大概很久沒來逛這種地方，一直在那邊試穿跑鞋，若有所思地看著鏡子裡的肚子。森弘、我、阿菁跟肥仔龍隔著玻璃櫃看著堆在裡頭寄賣的球員卡，討論著少數我們還認識的球員。

「喂，他誰啊？看起來很面熟，海報上看過。」

「他就是詹姆斯啊，很強啦，什麼大帝的。」

「喔，就是他喔。怎麼鬍子都不刮的啊，看起來很凶殘。」

「這個又是誰？卡標價那麼貴，很強吧？」

「韋德啊，就跟歐尼爾搭檔的那個，被歐尼爾叫閃電俠，滿強的。」

「白痴，歐尼爾被交易到太陽了好不好，結果拖垮了太陽整個球風。」

「歐尼爾跑去太陽，這個有印象。不過他幹嘛去一個要跑很快的隊啊？」

我們現在的對話，聽在現役高中生耳裡，肯定是幼稚不堪吧。

說起來好笑，現在可說是ＮＢＡ最強的得分後衛柯比布蘭特，剛剛出道進ＮＢＡ時我們還滿討厭他的，因為他號稱是喬丹接班人，打球也屌屌的，但我們怎麼能容許心中的籃球之神被這種毛頭小子侵犯呢？

於是每次喬丹對上柯比，把他給電得死死的，我們在電視機前就會狂吼：「去死吧！讓喬丹教你什麼才叫打籃球啊！」

其實我們的心裡，都很害怕我們所崇拜的喬丹越來越老，然後跳不動了、跑不久了，漸漸地越跳越低、終於被新來的年輕小伙子猛賞火鍋。

一旦出現可以威脅喬丹的後起之秀，都一律被我們列進討厭的名單裡，又比如當時還帶領著魔術隊威震天下的大塊頭歐尼爾與一分錢哈達威，也飽受我們的噓聲，即使是不可能被任何人討厭的好好先生葛蘭特希爾，在他對上喬丹的時候，我們也希望他乾脆一點、直接被電爆算了。

一九九九年，喬丹第二次宣布退休。

隨著喬丹高掛球衣、我們越來越少看NBA之後，不知不覺的，我們認識的球星越來越少，只有從報紙上的體育版去「感受」NBA的變化。而當年那些被我們度爛到的超級新人不再年輕，也開始受到更新、更年輕的猛將挑戰，可因為他們屬於我們少數還認識的球星，於是越看越順眼。

但是，我們再熟悉不過的一分錢哈達威膝蓋受傷，再來連葛蘭特希爾也扭傷了。這兩個應該名垂青史、繼承ＮＢＡ王者命運的看板人物化成悲傷的流星，只爲我們這一代球迷所認識，下一代打開電視看ＮＢＡ的球迷對他們一無所悉。這兩個超強的名字變成了非常嚴重的代溝。

然後王建民上場了，在洋基的投手丘上投出了台灣史上最瘋狂的大聯盟熱，還教了我們「伸卡球」怎麼寫。

大家開始對大聯盟的投打手如數家珍，對許多專有名詞如防禦率、滾飛比、好壞球比、自責分、有人在壘時的打擊率等等琅琅上口。

相形之下ＮＢＡ便遜色了不少。

在今年ＮＢＡ打到總冠軍賽的時候，洛杉磯湖人對上波士頓塞爾提克隊，極具傳統的經典對決上場，莫名其妙再度吸引了我。我在心中奮力支持柯比布蘭特，希望他眞正成爲喬丹的接班人，幹掉塞爾提克一大堆面生的傢伙！

於是柯比布蘭特打球的動作，越來越貼近了我認識的喬丹。

說到底，就是等到我心目中的神宣布退位後，我的心才能接納另一個神。我們大家都一樣。

最後柯比布蘭特輸了，塞爾提克熱鬧封王。

難以置信的，我在柯比落寞離去的背影中，看到了九五至九六年的喬丹。

我望著那些閃閃發亮的壓克力板，出了神。

「當年我不知道在想什麼，也傻傻地跟著你們買了很多卡啊，如果現在可以一口氣把那些卡片賣出去，應該可以回收個幾千塊吧？」阿菁靠在我旁邊說。

我不以爲然，說：「幾千塊？就算是幾萬塊要買我的回憶，我也不要。」

「有道理啊，不過我還要加碼。」此時肥仔龍突然從口袋裡摸出幾張鈔票說：「老闆，我要買一盒。」

「一整盒？」西瓜放下手中正在試穿的跑鞋。

「對啊，以前我就想自己拆一盒，反正現在也沒事。」肥仔龍漫不在乎。

「那我也要，幹我有錢了啊，我也要自己拆一盒。」我掏出一張信用卡。

是啊，許多限量的球員卡就是這樣整盒整盒被拆出來的。

就機率的配置上，一盒球員卡只有一張超限定的球員卡，如果那一張球員卡被買走了，那一盒裡其他包裝的球員卡……就大大失去了價值。如果老闆自己拆盒，拆到一半就將限定的球員卡拆走，剩下的一包一包球員卡才倒在一起讓我們買，這樣我們買一百年也買不到最珍貴的限定卡。

最保險的作法，莫過於自己買下一盒。

這個方法白痴都知道，但不是每個白痴都有錢買一整盒啊！

現在我們都不是跟父母拿零用錢的臭小鬼了，沒道理不自己拆一盒過過癮。

老闆放下打到一半的電話，一臉奸笑地走了過來：「買一盒可以啊，不過行情已經跟以前不一樣了。你手上的鈔票不見得夠啊。」

我冷笑：「少臭屁了，我們可不比當年啊。我是流星街，他是雞排王啊！」還用信用卡用力刮著手肘下的玻璃櫃示威。

老闆隨手堆了幾盒不同牌子的球員卡在櫃子上，開始說著我們聽不懂的話：「舉例來說，這一盒2007-08的UD Premier Basketball的卡，一盒裡面就只有一包，運氣好的話有機會拿到縫線簽名卡、用球衣切割的Patch平行卡、Premier八星簽名卡喔。」

「縫線？球衣？八星是什麼鬼啊？統統聽不懂。」我直說：「不過一盒裡面……」

「一盒裡面，就只有一包？」森弘探頭過來。

老闆繼續說著外星球的話：「但一包就要一萬零六百塊，每包裡面只有七張球員卡。所以要回憶的話，你們要不要乾脆買一箱？一箱有十盒，這樣拆起來才過癮啊。」

靠夭，一包就要一萬多，這也太貴了吧！

現在的學生都那麼有錢？還是現在當爸爸媽媽的都那麼凱！

「那……買一箱，不就要花十萬多塊！」西瓜跳了起來。

「不用十萬多，我算你們十萬整就好了。」老闆微笑：「老主顧了嘛。」

後來老闆繼續介紹球員卡的買法，那種邏輯已經跟我們當年熟悉的那一套大不相同，很多名詞我都不想理解。更重要的是，現在的球員卡已經不是我們省便當錢跟偷補習費就可以得逞的東西了。

比如2007-08 Exquisite Basketball系列的Upper Deck卡，一盒就要兩萬兩千多塊錢，

每盒才一包，每箱才三盒！我管你裡面有什麼超稀奇的卡，比如放了球員打賭賭輸切斷的手指、比賽後跟啦啦隊上床自拍的色色照，太貴就是太貴了！

其他如2007-08 Letterman Basketball的Topps卡，每包兩千八百塊已經算是便宜的了，每包四張卡，每盒只有三包，每箱只有八盒。

「他媽的，這已經是有錢人才玩得起的收集啊。」肥仔龍恨恨說道。

「……是沒錯。」看著那些貴得發光的球員卡盒，我迷惑不已：「當初那種盒的概念，已經變成箱了，整個就是不對勁。」

老闆不曉得在得意什麼，慢慢將那些貴得要死的球員卡收起來，拿出另一種貨色，介紹：「放心，還是有賤民買得起的球員卡，這種二〇〇八到〇九年的Upper Deck MVP Basketball卡，一包只要八十塊，每盒二十四包，應該就是你們回憶裡的那種等級吧！要不要買一盒？」

讓我鬆了一口氣，說：「幸好這個世界還沒有變得太扯。」

肥仔龍趕緊問：「這麼便宜，裡面有沒有好東西啊？」

「有，裡面也有親筆簽名卡、限量的隱藏卡組金版筆跡平行卡，限量一百張，還有柯比布蘭特的MVP特卡，不過這就要看你們運氣啦。」老闆說著說著，又拿出另一盒不同牌子的球員卡說：「還有這一盒Topps Treasury卡，一包兩百塊，每盒有十八包，裡面也有不少好貨，每箱都有機會得到魔術強森跟大鳥博德的全新人團隊雙簽卡，還有親筆簽名卡跟標籤卡，怎麼樣?要不要兩個人買不同的?」

聽不是很懂，但價錢對了。

我跟肥仔龍各買了一盒，我買Upper Deck，肥仔龍買Topps。

森弘一看到我們拿著美工刀割開球員卡卡盒外表塑膠封套的瞬間，當年比我們都還要熱愛球員卡的他，忽然激動大叫：「爲什麼我只能買一張喬丹簽名卡?我也要拆盒!老闆，我也要一盒這個Topps!」

阿菁被森弘這麼一叫，也跟著興沖沖說：「好吧，那我也要一盒Upper Deck。我們來比賽看誰拆到的卡最厲害!」

我們一邊將球員卡盒子拆開，一邊看著無動於衷的西瓜。

西瓜翻白眼：「別看我，我錢都花在老婆跟孩子身上了。」

「……」老闆繼續打電話，面無表情地看著我們拆盒。

記得當年老闆自己也瘋狂迷上球員卡，我們拆一包一包的，他拆一盒又一盒的，我們圍在他旁邊看，大叫這種拆法眞是過癮，搞得老闆每次都得意洋洋的，秋得要死。可是老闆常常被他老婆罵，後來被規定一個星期最多自己只能拆一盒，其他的都要確實拿去賣給我們這些小鬼，免得最後店先被自己拆倒了。

我們一包一包拆開，小心翼翼將卡片倒出來，一邊討論著卡片上的人物，一有看起來好像不同凡響的材質或設計，就忙著問老闆是不是拆到了好貨。誰拆到好卡，其他人就停止手邊的動作，忙著將頭擠過去，然後迫不及待地回到自己手中的卡片。

「我在想，爲什麼我後來賣雞排賺了不少錢，卻沒有再來買過球員卡？」肥仔龍邊拆邊說：「……靠咧，這張卡已經重複出現了十幾次啦，老闆你是開黑店喔？」

我也有同感，科科科說道：「對耶，我後來在網路上寫網誌回憶我們的青春時，有想起過球員卡這一回事好幾次，也有突發奇想過，以現在的收入愛怎麼拆就怎麼拆，一定要找機會幹這件事一次……但就是沒有眞的自己跑去買。沒動力啊。」

不知不覺，我的手邊已經堆了好幾張比例特殊的卡片，最猛的一張還是柯比布蘭特跟詹姆斯的巨星組合雙比賽卡，在卡書上肯定有很好的美金行情。

要是十二年前的我看到我這種拆法，一定會樂得嘴巴歪掉。

認眞一想，如果當年我們挖洞埋夢想的時候，規定的是寫十個夢想而不是三個而已，「買一盒球員卡拆到爽」一定會名列其中吧。

「你們到底是在急什麼啊？花那麼多錢，當然要慢慢拆啊。」阿菁拆得很慢，每一張卡都仔細先做分類再拆下一包，慢吞吞的一點都不像平常的她。

當年帶我們進入球員卡世界的森弘也拆得很樂，笑笑說：「其實還是要大家一起拆球員卡才爽啊，自己一個人來多無聊啊。」

說得一點也不錯。

有些事，自己怎麼做，就只有怎麼無聊的份。

非得要揪著好朋友一起幹，才眞正有意思。

號稱沒錢的西瓜從頭到尾沒說一句話，只是臉上簡單寫了個大大的幹字，我們感覺到他的手奇癢無比，於是用施捨乞丐的表情丟了幾包讓他幫忙剪開，過過乾癮。

西瓜邊拆邊幹，直說要是沒有結婚，他當然也想試試這種拆法。

這個時候，老闆放下電話看向我們，問：「喂，聽好了。麥可喬丹的親筆簽名卡，現在有一個老收藏家願意讓出四張，你們要哪一張？」

「哪四張？」阿菁問。

老闆將剛剛抄在紙上的資料倒轉過來，讓我們看個清楚。

BGS 9 Michael Jordan Sign of The Times GOLD Autograph—3000(us)

98 Michael Jordan MJ's Final Floor Auto Signature 1/1—2500(us)

03/04 UD Finite Signatures GOLD Michael Jordan Auto /10—1200(us)

2002 Upper Deck ultimate signatures—650(us)

「嘖嘖嘖，最貴要三千美金，差不多快十萬塊了。」阿菁看著森弘。

「最便宜也要六百五十塊美金，就是說……」我拿起桌上的計算機，按了按說：「差不多兩萬出頭，這樣應該不算超出你的預算吧？」看向森弘。

森弘在中華電信上班，薪水一個月四萬多，又穩定又爽，加上沒有交女朋友幫忙花錢，每次看森弘認眞存錢就很想用力打他，現在一張夢幻球員卡不過花他半個月薪水，我們才不會覺得逼著他做這件事很過份咧。

森弘一時之間無法決定，只是張大嘴巴。

老闆晃著手中電話，催促道：「總之比你們剛剛出價的一百萬便宜很多啦，要不要？賣家在線上，要的話，我就請他明天把卡片用限時掛號寄到店裡。」

我斬釘截鐵地說：「不行，今天晚上就要。」

森弘點點頭，說：「對，如果不行，就下次再來。」

西瓜跟肥仔龍抓住森弘的兩手，大叫：「還下次咧！老闆，我們今天晚上就要，叫那個賣家現在就來店裡吧，我們現金交易！」

「他人不在彰化市內，他在線西！」老闆搖搖頭。

線西啊，也是在彰化縣裡，靠海的一個小城鎮。

……不過從這裡開車過去至少要花一個小時啊。

我們面面相覷。

「白痴，那就我們過去啊。」西瓜淡淡地說：「把住址給我們吧。」

就這樣，我們將剛剛拆出來的好卡拿給老闆，請老闆幫我們用壓克力板裝好。
那些卡片被壓克力板這麼一鑲，整個感覺就不一樣。
沉甸甸的，頗有份量。

「感覺真棒啊，下次有機會再一起拆卡吧！」
「嘖嘖嘖，我都還沒拆完呢。」
「下次就要認真比賽了，拆到最貴的卡的人，可以併吞其他人的所有卡。」
「白痴，看我幹嘛？那種燒錢的爛比賽我才不想參加。」
「先說好，等一下不准逼我買最貴的那張卡！」

回到西瓜車上。
五個三十歲的臭大人，慢慢往森弘的十八歲夢想繼續靠近。

CHAPTER 6

改變世界個屁

車上聽著廣播音樂，大家有一搭沒一搭亂聊著。

只一下，坐在森弘跟我中間的阿菁就睡著了。

她的頭靠著我的肩，睡到連口水都滴在我的衣服上，害我不敢亂動。

說起來，一點也不好笑。

以一個女生來說，阿菁的運動神經出類拔萃。

即使站在男生的立場來看，阿菁還是很厲害。

從前不管是國中還是高中的體育課，女生都很喜歡在點名後分成一個又一個的小團體在樹下聊天、或是在跑道上用散步的節奏手牽手說笑，最多就是打羽毛球流點香汗。

但阿菁跟她們格格不入，總是捲起袖子、甩著馬尾，跑來跟我們這些男生玩。

起先是國一的躲避球，再來就是國二的壘球跟國三之後的籃球。

尤其是籃球，明明就是非常的……該怎麼形容好呢，明明就是非常典型的男性流汗運動，充滿了籃下推擠、架拐子、粗魯地打手、用髒話運球、恐嚇對手再打手就打架等元素，但每次體育課，阿菁都樂此不疲地跑來跟我們組隊。

「幹，妳去玩跳繩啦！」

我皺眉，指著遠方一堆在樹下跳繩的女生。

「陳國星，你不要打不過我就不想跟我打，爛人。」

阿菁用中指戳我的頭。

猜拳選人分隊以後，我總是被叫去守阿菁。

那真是相當糟糕的經驗。

我的運動神經很爛，運球時漏洞百出，常常被阿菁抄假的，逮到空檔想快攻上籃，卻常常被阿菁從後面把球給巴走。

反過來，阿菁就厲害多了。

國二就學會用單手投籃、快速過人上籃、三分線神準、傳球只要瞥一眼就到位。除了搶籃板會被臭男生的大屁股撞開外，阿菁打得幾乎跟森弘一樣好。

面對我緊張兮兮地運球，阿菁總是精神奕奕地張開雙手、低著腰，虎視眈眈準備偷球——然後得逞。

輪到阿菁持球時，我防守，阿菁卻總是輕易地擺脫我，跳投、跳投、跳投！

「靠，陳國星你黏阿菁黏緊一點啦！」大夥總是這麼對我大叫。

「她是女生耶，我黏那麼緊不就是性騷擾！」我反駁。

其實眞相是，我根本想黏也黏不了。

雖然我肯定是自己隊上最爛的，但阿菁可絕對不是另一隊最爛的一個，照道理說，不會是由我來守阿菁，可大家卻都用命令的口氣逼我守她。

好像，守女生是一件很丟臉的差事似地。

明明我就守不住阿菁。

可阿菁從來沒有嚷嚷：「陳國星守不住我啦，換一個好不好？」之類的。

就只是默默電著我。

被一個女生痛電四年，可不是什麼值得說嘴的事。

……拿來寫歌倒是不錯的點子。

「陳國星，你這一首〈蓋我火鍋的馬尾女孩〉，就是在寫阿菁吧！」

開車的西瓜突然冒出這麼一句，看著後照鏡裡的我。

對啦對啦　我運球有手殘　最好妳再抄我球
對啦對啦　我還在雙手投　最好妳再蓋火鍋
還有你們這些豬朋狗友　叫我守　叫我守
守恁老師你自己守　幫我加油加三小　幹恁老師你自己守
這女孩不是人　開了外掛加速器
手心裝彈簧　瞬間移動了不起
我運球　可不可以尊重我　硬要抄就立刻走　回眸一笑做什麼！
運動細胞我沒有　給妳拐子辦不到
最常幹就是被妳晃過　晃過　晃過
看著妳的馬尾　揚長而去
一眨眼我人生也晃過　晃過　晃過
看著妳的馬尾　揚長而去

喔喔，廣播電台正放著這一首、我在五年前寫給當時快過氣的嘻哈團體「臭油條」的怪歌。當年他們一唱，就整個逆轉翻紅，本來說好這張專輯發完就要解散的臭油條，被迫繼續又唱了五年。

偶爾臭油條還會跟我邀歌，不過上一首我寫的〈不要在我的臉上塗奶油〉被他們唱掛了之後，我就沒接過他們的電話。我可沒辦法保證什麼。

現在牽著阿菁的手，這才感覺到，那些年一直巴我火鍋的那隻手一點也不大，還軟軟的滿好握的。眞是不可思議。

不過這只是假象！

我不會忘記這個女孩今天在婚禮上，還對著我開槍！

「當初一開始聽到的時候，嚇了一跳。」西瓜隨意抓著方向盤，笑笑：「想說，什麼啊，原來你這白痴也會寫嘻哈啊。」

「……靠，我什麼歌都會寫好不好。」我刻意壓低聲音，怕吵到睡著了的阿菁：「從我在網路上放第一首歌〈傑克戴上面具的那一夜〉開始，我就什麼類型的歌都想碰一下，厲害到連我自己都會害怕啊！」

「太臭屁了喔。」森弘也笑了。

「說認眞的，你們幹嘛讓我守阿菁啊？明明阿菁就很厲害，我都被電假的。」

「……」森弘看著窗外。

「……」西瓜看著前方。

「……」肥仔龍看著癡肥的手指。

「你們是怎樣？都不說話是想打混過去啊？」我用腳踢了一下前座。

森弘勉爲其難接話：「就……反正事情過了就過了。」

我又踢了一下前座：「你們害我體育課常常不想打籃球，很賤耶！」

肥仔龍悶悶地說：「你不打籃球的時候，阿菁就變成我守的耶，我也是被電假的啊。媽的，其實我當年就覺得阿菁的實力根本就和森弘不相上下。」

西瓜冷冷地說：「照道理來說，反正森弘跟你還有阿菁都差不多高，應該是由森弘去守阿菁，你去守跟你一樣爛到爆炸的楊澤于。但問題是，如果連森弘也被阿菁吃掉了，我們男生的面子怎麼辦？白痴，我這樣說你懂了嗎？謝謝你的犧牲啊！」

我用力踢了一下前座，罵道：「我就知道是這樣！」

我這一踢，阿菁微微靠在我肩上的頭抽動了一下，發出睡得不舒服的呼吸音。

「不說阿菁了。說到你的歌，我還滿喜歡你這一陣子寫給那個黑妹妹的〈夏日煙火〉，很芭樂啊，但很好聽，聽幾次一下子就記住副歌了。」

肥仔龍轉過頭，對我豎起肥肥的大拇指：「跟我買雞排的幾個女生也常哼那一首喔，我就跟她們說這首歌是我朋友寫的，她們都不信咧！最後還是我叫她們去看你網誌裡，那一本標題『矢志追隨我的臭傢伙們』的相簿裡有我跟你的合照，她們才嚇一跳咧！」

「白痴，我也滿喜歡黑妹妹那一首〈夏日煙火〉，還有那一首〈我的回憶，你的口袋〉也不錯，我老婆很愛，整天都在放。」西瓜也向我豎起大拇指。

「芭樂的歌傳唱度是比較高，也比較容易暢銷。」我不置可否：「但太常寫芭樂歌的話，在網路上就會被鄉民幹成只想寫賺錢的歌，不管我說我多喜歡〈夏日煙火〉，還是我多喜歡〈我的回憶，你的口袋〉都不會有人相信啊。」

「會這樣嗎？」森弘疑惑。

「就是會這樣。」我苦笑。

「喂，流星街先生，你寫歌寫這麼多，是寫好了再投稿，還是只要等人來跟你邀歌就行啦？」西瓜稍微搖下了車窗，讓車子裡的空氣換一換。

「各種狀況都有啊，不過要等人跟我邀歌再開始寫，不就太晚了？大部分我都是自己寫自己的，比較不用顧慮什麼。寫完了，就想看看市面上有哪個歌手比較適合唱，我就投稿給那一間唱片公司，註明我想給他們底下的誰誰誰唱，看他們要不要用……就這樣。」

森弘看了過來：「寫歌應該很好賺吧？除了專輯賣幾張抽幾張，報紙上還說，我們在KTV每唱一首歌，KTV業者就要付給你們這些寫歌的幾塊錢，是不是真的啊？」

「一開始都馬是賣斷，到前幾年才開始抽版稅。不過我也沒什麼好抱怨的了，我很喜歡這個工作……其實說工作也不是，畢竟是我自己喜歡做的事。」

「都沒有不爽的事嗎？」肥仔龍回頭。

「沒啊。」我看著窗外。

「比如說被歌手打槍，沒發生過嗎？」肥仔龍鍥而不捨。

「當然有啊，我寫了很多歌到現在都還沒有人要唱咧，都是一些怪歌，或是沒辦法感動人的假芭樂。」我怪笑道：「不過這也沒什麼啊，本來就不可能每一首歌都中，沒有爽成那樣子好不好。」

其實，不爽是有的。

但不用爲我擔心啊老朋友。

你們只要替我開心就可以了。

這幾年我寫了很多首歌。

不敢說每一首歌都很好聽，但我眞的每一首歌自己都很喜歡。

我從小就看不懂五線譜在幹嘛，連最基礎的高音笛都吹得很砲，所以我寫歌不可能乖乖寫譜，而是靠哼哼唱唱，將旋律反覆咬在嘴巴裡直到爛熟，回到家，再用錄音機錄下。

寫給于筱薇的第一首情歌，就是這樣孵出來的。

慢慢手機有了錄音功能後，我就能隨時隨地停下腳步，在馬路邊、公車上、捷運月台、騎樓角落、公廁馬桶上錄下我的即興靈感。

也許是從未受限於樂理的束縛，我寫歌的姿態眞的很自由。一開始根本沒想太多，只是爲了讓更多人聽到我寫的歌，於是我將寫好的歌放在網路上讓大家自由下載，還取了一個筆名，叫「流星街」。

表面上「流星街」三個字聽起來頗詩情畫意，實際上的典故是日本漫畫家富樫義博畫的《獵人》中，殺人如麻的「幻影旅團」的根據地。

大概是我的聲音很難聽，又沒有配樂，只是很乾的清唱，我放在網路上的歌，不管是點閱率或是文章回應數都少得可憐。

那時我很喜歡寫一些天馬行空的怪歌，例如描述人格分裂的變態到處殺人的〈都市第九部曲〉、幻想外科醫生在手術房裡大暴走的〈內臟煙火〉、敘述一個落魄男子決定到菜市場拍賣自己媽媽屍體的〈一公斤一百〉、從古怪新聞中取得的靈感寫成的〈媽，我的頭，很冷〉……雖然說是想寫什麼就寫什麼，但當時我的腦袋都是一些很不正常的畫面，所以寫出來的自然也不是什麼太規矩的東西。

雖然那些畸型的怪歌非常不受歡迎，但總有幾個思想同樣怪怪的網友覺得很好玩，常寫信鼓勵我多創作，說他們總是等著我將新歌放上網，還弄一個「大」字給我。

「流大，總有一天你會跟方文山並駕齊驅的，只是你現在還不知道！」

「流大，華語歌就靠你跟周董了。相信我你絕對不會餓死的。」

「請你千萬不要放棄創作啊流大！我已經準備好追隨你一百年了！」

「改天等我學會編曲，再幫流大把曲子修一修，唱片公司一定會收的。」

那些網友讓我覺得自己很酷，覺得自己有點特別。

說眞的，一開始我只是想寫歌娛樂我自己，並不覺得自己可以靠寫歌維生，畢竟要達到那種程度也太困難了吧？如果有人跟我說，他想靠寫歌賺大錢，我只會在心裡大笑他發瘋了。

我很天眞，但還沒有天眞到想把自己餓死的程度。

大學快畢業的我很實際地盤算我的人生，我想，再怎麼喜歡寫歌，畢業當兵後我都得找一份穩定的工作，不管有多枯燥、多繁瑣，總之我得自己養活我自己，不能成爲拖累家人的米蟲。

我想像的畫面是，三十歲的我，五點從某間燈光不足的公司下班後，在巷口吃個麵，回到家先洗個澡，再來就可以好整以暇打開電腦桌上的麥克風，將我一整天得到的靈感全唱錄進去。

所以我想辦法考上研究所，想從研究所的所學裡找到未來的職業。

然後事情發生了變化。

我的歌，我的人生。

某一天，唱片公司開始採用我的歌，將我的歌送進錄音室重新裝潢打造，我的歌不再只有傻氣的清唱，而是套上有模有樣的編曲與伴奏，交給比我會唱一兆倍的歌手詮釋。

如此一來，大家才漸漸注意到我的創作。注意到我的存在。

歌開始暢銷，收入多了，讓我得到用全部的時間都拿來創作的自由。

我不必打領帶上班，每天要做的就是到處走來走去，捕捉這個世界低聲唱給我聽的聲音、攫取這座城市敲打在我耳裡的節奏。

我看著西門町六號出口的人群寫歌。

我看著在大安森林公園牽手散步的情侶寫歌。

我看著在社區籃球場上的揮汗身影寫歌。

我看著在捷運上大聲嬉鬧的高中生寫歌。

我看著入夜的中山北路上打扮超辣的女孩寫歌。

我從來不會抱怨自己寫歌很累，因爲我已經太幸運了。

有多少人可以眞正拿自己的興趣當職業？

只是，當我的歌越來越紅，越來越多歌手跟我邀歌的時候，以前我無法想像的批評，從我過去再熟悉不過的溫暖土壤中蔓延攀爬出來。

我始終很困惑，如果我寫歌無法讓自己快樂的話，寫歌還有什麼意義？

怪里怪氣絕不押韻的歌，我還是很喜歡寫。

但我也很喜歡寫情歌啊，我也喜歡寫一些押韻押得無限柔軟的歌詞啊。

我很喜歡張學友的〈一路上有妳〉，自然就會想要寫一些像〈一路上有妳〉那麼眞摯溫柔的陪伴型的歌。

張雨生的〈天天想妳〉從我國小五年級就一路陪我到高中，我那麼愛，怎麼不會想要寫出同樣可以陪著小男孩長大的經典情歌呢？

梁詠琪的〈膽小鬼〉好可愛，聽的時候就好像有一個像貓一樣的女孩在旁邊搔我癢，徐懷鈺的〈我是女生〉也很俏皮活潑，我一個大男生也想挑戰能不能寫出那種讓人甜在心頭的曲風啊。

鄭中基的〈左右爲難〉、蘇永康的〈男人不該讓女人流淚〉、李聖傑的〈痴心絕對〉被大家唱到爛掉，但反過來說，不就是大家一直唱一直唱一直唱不完的經典芭樂嗎？我也很受感動，我也很想種出那麼厲害的芭樂啊！

我以寫怪歌出道，不代表我只能寫怪歌、或我是一個以反市場爲樂的怪咖，寫怪歌更不代表志氣高啊！

我寫中國風，不代表我就準備抄襲方文山。因爲我就很愛方文山啊！

搖滾的精神絕對不是唱搖滾歌。

而是搖滾激盪這個世界時，所散發出的光芒。

如果搖滾不是這樣——我不搖滾，也沒什麼。

「我說流大，你是不是向市場妥協了？爲什麼又是這種芭樂呢？」

「不知道該不該說……流大，我覺得你的歌越來越商業了。」

「我該嘆氣嗎？現在的流大，已經不是我當年認識的流大了。」

明明就，一樣吧？

我的心根本就沒有改變過。

我原本以爲只要我做自己喜歡的事，就無所謂向不向市場妥協，沒想到自己的內心戲不見得可以被所有人聽見。特別是一些早就準備好討厭我到底的人，最喜歡裝作是我的舊粉絲，大聲嘆氣我已經被商業機制給同化了。

記得有一次，有一個常常在網路上被PTT鄉民幹到爆炸的少女偶像團體，在製作新專輯時向我邀歌。

她們找我開會，跟我說她們對專輯走向的想法，甚至跟我吐露她們的初戀，希望我寫歌的時候放進她們的感覺。

怎辦？

寫了的話，鄉民在幹剿她們的時候，肯定也不會放過我。

但我還是寫了。

「為什麼還是寫了？」

有個只幫天王天后寫歌的前輩，笑笑在我臉上吐了一口煙。

「因為如果我不寫，就代表我輸了。」

我避開那股煙，無奈地說：「因為我覺得她們不錯啊，開會也滿有感覺的，如果我顧慮到幫她們寫歌的後果，而不是我想不想寫這首歌，那我就不算完全自由了。」

前輩頗有深意地說：「流星街，你會這樣想，就已經不自由了。」

我沉思了片刻。

「我想我大概懂你的意思。」

我慢慢地整理我心中的想法：「但我也想挑戰看看，也許我的歌可以讓她們有一種新的感覺，也許我的歌夠好聽，她們就會因爲唱了它，逆轉那些老愛酸她們的網友的批評吧。」

前輩聳聳肩，不再說什麼。

你沒猜錯，就是那一首我相當滿意的那首〈我的回憶，你的口袋〉。

結果也沒什麼特別的結果。

那個少女偶像團體的專輯如往常一樣熱賣，但她們也沒有免俗地在網路上被鄉民奚落嘲笑到不行。明明除了耍可愛，什麼也沒做，歌喉也在中上，眞可憐，總是取悅不了矢言終生反偶像的那些人。

我沒時間同情那幾個特會裝扮可愛的女孩，因爲我自己也被同一批人用言論海扁了一頓，說我寫的〈我的回憶，你的口袋〉是爛到吐的大便歌，拿給那些女孩唱是剛剛好……

「去你的！」

我在網路上洩忿似不停地敲這三個字，然後又不停刪掉。

我是自作自受。

那件事之後，當時還在一起的小惠建議我：「要不要乾脆用不同的筆名寫歌，這樣就不用怕別人的眼光啦。」

「表面上是，但……」

我也不是沒想過，問題是：「但這樣就輸了！他媽的爲什麼我要寫歌給誰唱還要顧慮到其他人的想法？我高興寫，他高興唱，就對了啊！我就是想克服這種不自由的感覺嘛！偷偷摸摸的，我又不會眞的高興。」

自由這件事，對我來說很重要。

……卻意外成爲束縛我的囚衣。

我知道我想要自由，但我並沒認眞想過，有自由，有時不見得快樂。

曾經有一個認識很久的《商業週刊》記者，在咖啡店裡採訪我。

明明就認識，她還是照往例問了幾個我答過無數次的問題，比如從什麼時候開始寫歌、哪一種風格的歌我最擅長、跟哪個歌手合作的經驗最特別、沒有靈感的時候怎麼辦。

訪談快結束時，她問了一個再簡單不過的問題。

「流星街，你爲什麼寫歌？」

我想都沒想就說：「因爲我很喜歡寫歌啊。」

記者不知爲什麼感到好笑，原子筆在筆記本上頓了頓，說：「不是想帶給這個世界更多的快樂，更多的感動……之類的嗎？」

「如果這個世界因爲我寫的歌，變得更快樂，那很好啊。」

我用塑膠叉子戳著桌上的巧克力蛋糕，盡情地將它虐待分屍。

「什麼叫，那很好啊？」

記者的表情要笑不笑的，頗爲古怪。

「如果我寫歌是爲了讓別人快樂，自己不快樂，老實說我寫個屁。」

我坦白地說：「我沒有那麼偉大啊。」

「流星街。」

那個記者按掉錄音筆，說：「這是我採訪過你，第幾次了？」

我歪起頭，當眞慢慢數：「從妳還在《數位時代》時就訪過一次，在《野葡萄文學誌》也訪過一次，不過《野葡萄》倒了……後來妳幫《壹週刊》寫人物報導時也寫過我一次。這次應該是妳第四次採訪我了吧。」

記者點點頭，說：「對，我採訪你四次，每次都很好玩，因爲你是一個不造作的人，很敢講。缺點就是回去後很多幹啊、賽啦、屁咧之類的字眼都不能寫進去，寫進去也沒有用，上面的總編還會刪掉，哈哈。」

「……謝啦。」

「可是，每次問到你爲什麼寫歌，你都是這一個答案，繼續問你，你好像也不想再多說什麼，我如果就你的答案寫上去，感覺就很乾啊。重點是，爲什麼你明明知道別的答案對你的形象更有幫助，卻還是只用這個國小學生都會說的答案應付呢？」

「其他的答案，又不是我眞的答案。」

我坦白地說：「我大部分的時間，都過著對地球毫無貢獻的生活。我寫歌只想到自己快不快樂，只想到自己是不是又更自由了，這樣的答案不好嗎？」

「不是不好，是不夠好。」

記者嘆氣，用凝視著在馬路上淋雨的野狗的表情說：「你知道每個我採訪過的歌手都跟我說，他希望他唱的歌可以帶給聽眾更深的感動。每一個演員都跟我說，他會演戲是爲了挑戰更深刻更傑出的演技，打動更多人心。每一個社會傑出人士都用很認眞的表情跟我說，他們想爲這個世界多做一點什麼。」

「……」

「沒有一個人跟我說，他想當明星是因爲從小就想紅，他唱歌是爲了賺錢，他演戲是爲了在信義區買房子，他主持節目是爲了把開膩的跑車換掉。沒有一個社會成功人士告訴我，他只是喜歡銀行存摺裡的數字越來越多。」

我懂了。

我當然懂。

「也許有一天我也會變得那麼偉大……或虛僞吧。但現在的我，還只是忙著讓自己快樂，我很喜歡這樣的自己啊。」我似乎該爲自己的單純感到驕傲，但卻被那位記者的眼神逼到有點困惑起來。

「所以，你覺得那些答案虛僞囉？」

「如果不是虛僞，至少也是做做樣子。」

「小孩子，如果你連做做樣子都不會，怎麼能期待有人拿你當目標、拿你當榜樣呢？有時候稍微符合別人對你的期待，也是一種成熟的表現。」

記者搖晃手中的錄音筆，用很逗趣的表情說：「當我再一次按下PLAY鍵的時候，你不妨再告訴我一次，你爲什麼寫歌？」

接下來，記者輕輕地按下PLAY鍵，將錄音筆放在支離破碎的蛋糕旁。

當時我語重心長地說：「記者，是一個最難聽到眞話的職業。」

連做做樣子也不會嗎？

其實，我還眞的是做做樣子。

我是眞心想藉著我寫的歌改變這個世界。

但我不想，也不敢說出來。

任何人問我爲什麼寫歌，我只想回答最簡單的那一個答案：我喜歡。

我喜歡，我高興，我快樂，這樣的答案既眞實又眞誠，對誰都無害。

可是這個世界有太多操弄冠冕堂皇語言的人，他們口口聲聲把自己說得很棒、很好、爲人著想、他們寫網誌都是爲了教導網友如何過更好的人生跟經營網誌人氣一點也沒有關係、所有他們正在幹的事都跟銀行存款有幾個零完全無關，他媽的都是爲了這個世界！

那些人，很多骨子裡都是一堆爛人。

就算還不到爛，也是有夠假的了。

光是看看，有多少藝人紅了才開始參加公益活動、宣稱幫助人是一件很棒的事，就知道有多詭異。是沒錯啦，幫助需要幫助的人是很棒啊——

問題是，爲什麼你在紅起來之前，對這個世界上那麼多需要幫助的人視而不見呢？

爲什麼總是要等到你幫助別人這個舉動會被所有人看見時，你才去做這些事呢？

明明這個世界在你紅起來之前，已經亂七八糟、亟待援手了啊！

我不想再變成一個微笑宣稱，想要讓這個世界變得更好的，那種人。多我一個不多。

但對我來說，在任何人面前說出如此大言不慚的夢想，都是一種假。

我的左手放在口袋裡，輕輕揉著那張考試卷紙。

十八歲的我，比現在的自己勇敢。

正在挖洞、弄得灰頭土臉的那個自己，還幼稚地幻想可以改變世界，而且毫不畏懼認爲自己擔當得了那樣的夢想。

對不起囉，十八歲的我自己。

現在三十歲的我，只想說創作爲了自己爽比較多，幫助世界只是意外良好的副作用。我真的無法宣稱自己是爲了讓大家過得更快樂更有勇氣而寫歌，因爲我現在辦不到，以後也辦不到。

明明知道絕對辦不到的夢想，還硬要說出來，不就是無恥之徒嗎?!

「那太假了。」

我記得曾在網誌寫下：「不如關掉冷氣開電風扇比較實在。」

然後我還寫了一首叫〈熱心助人的僞慈善家們〉的歌……結果沒有人用。

因爲沒有人敢唱，我又堅持不改歌詞，最後我這唯一、有可能成爲讓我與虛僞假人們戰鬥的這一首歌，就這麼默默沉睡在我的硬碟裡。我也完全忘記了我是一個想要改變世界的那種人……

諷刺的是，當我在Youtube上看到那一場校園歌唱比賽，那一個高中生笑呵呵拿著吉他，彈著明顯改編自我的〈傑克戴上面具的那一夜〉的那首歌，我腦中一黑，瞬間一腳踩進水果日報頭版的前奏。

於是這個世界開始逆向改變了我。

或者，屠戮了我。

CHAPTER 7

我看你是自己也想打吧？

突然，一陣喧囂從車後快速逼近。

「又是那些沒水準的飆仔。」西瓜吹著風，淡淡地說。

我朝後看了一下。

是一台改裝又改裝、又鍥而不捨亂改裝的白色BMW，車燈閃爍著讓人眼睛瞎掉的氙氣大燈，震耳欲聾的電子音樂張牙舞爪地飛奔而至。

越來越近，越來越近……

兩車車影即將交錯的瞬間，我感覺到兩台車之間的距離幾乎是零，好像隨時都會摩擦出電影裡飛車擦撞時的噴濺火花。

「……喂。」我傻眼。

「王八蛋！」

西瓜快速將車子微微打右，這才讓白色BMW輕而易舉地把我們給巴掉。

我探頭看了一下西瓜面前的時速表，我們大概開六十五不到，剛剛那輛超機巴的白色BMW至少時速破一百二，簡直把濱海公路當高速公路開了。

只是剛剛兩車交會時的快速轉向，把阿菁給搖醒了。

「到了嗎？」阿菁迷迷糊糊地揉著眼睛。

「快了吧。」我隨便講。

「我剛剛睡了多久？」

「二十幾分鐘吧。我猜的。」

「我們還在約會吧，陳國星？」

「嗯啊。」我微微舉起跟阿菁的牽手。

「那我們等一下去吃冰好不好？」阿菁不知道在想什麼。

「不約會也可以吃冰啊！」森弘不解。

「吼，想吃冰也不剛剛還在彰化市的時候就講？我們就去八卦山下那一家超好吃的木瓜牛乳大王吃就好了啊，那邊也有我們以前的回憶啊。現在這條路上哪有什麼冰？」在小小的位子上始終坐不好的肥仔龍調整了一下坐姿，將話題拉回剛剛那台改裝車：「他們那樣聽音樂，耳朵不會聾掉嗎？眞強。」

「開太快了啦，雖然這條路都沒什麼車，還是很危險耶，他們不要命可以直接開去撞安全島啊，爲什麼要開那麼快嚇別人呢？」森弘隨意埋怨。

「白痴，要是我有那種車，我也會開很快。」西瓜恨恨不已地看著對方猖狂的車尾燈：「不過我才不會故意靠那麼近，王八蛋，剛剛他們一定是故意的。」

「開那麼快幹嘛啊，這裡路燈那麼少。」森弘抱怨道：「我一個人開車的話，如果是在晚上，我的時速絕對不超過四十。」

「眞的假的啊！森弘！沒想到你就是傳說中的路隊長！」我驚呼。

「安全第一啊。」森弘一點也不以爲意。

這幾年遇到森弘幾次，覺得森弘還是沒變。

森弘以前就有一種彆扭的感覺。

照理說愛打籃球的男生都很陽光很外放才是，但森弘卻有一股靦腆的阿宅氣質。過份執著，對認定的意念深信不疑，都是森弘的特色，這也就是爲什麼十二年前跟十二年後，都只有他一個人傻呼呼地拿著鐵鏟到學校後面報到、拿著鐵鏟到婚禮上預備痛毆新郎。

以前大家打籃球時，森弘眞的非常厲害，如果讓他的身高飆到一百九十公分，說不定，說不定啦，森弘去打NBA的控球後衛眞的沒有問題。

只不過森弘有一個致命的弱點，就是他非常厭惡推擠、碰撞、打手等傷害身體的動作，於是他的厲害也大打折扣。

高中週末放假時，常常我們騎著腳踏車到八卦山體育場找人挑球，一旦遇到球風強悍的隊伍，不管對方是國中生還是中年大叔，森弘總是抱怨連連。

「打球就打球，幹嘛打那麼粗啊？抄不到球就打手，搶籃板架什麼拐子，幹嘛啊？」森弘常常丟下這麼一句，就轉身不打了。

「白痴啊，沒你我們怎麼打啊？」西瓜在後面大叫。

「你們還有阿菁啊！」森弘頭也不回就走了。

森弘要是決定在高速公路上保持時速九十公里整，那你要逼他開到一百，那是絕無可能。如果有附設「危險自動彈跳系統」的車，森弘也一定會買。

「那是剛剛的車嗎？」

吹著風，西瓜突然這麼說。

的確是剛剛那一輛白色改裝BMW，好像刻意在內線慢了下來。

兩車相會的瞬間，吵得要死的電子音樂再度轟炸過來。

「……」開在外線的西瓜，本能地朝左邊看去。

啪！

一件物事從那輛白色改裝BMW上扔了過來，不偏不倚穿過打開的車窗，扔在西瓜身上。那一瞬間，那輛白色飆仔車快速將我們拋在後頭。

「幹你娘！」西瓜破口大罵，不斷催動油門。

「剛剛丟過來是什麼啊？」肥仔龍緊張地看著西瓜。

前座傳來一陣濃郁的食物氣味，不用問，他們一定是把剛剛吃過的食物殘渣扔了過來。

太雞巴了吧！我好像聞到了滷味湯汁的味道，超噁爛的！

「幹！幹幹幹幹幹幹幹！」西瓜發瘋大吼，用力按著喇叭，腳底猛踩。

「不要追啦！沒看到他們一副飆仔的樣子嗎？」森弘伸手輕拍西瓜的肩膀。

但載了五個人的小VIOS，不管引擎發出何種程度的悲鳴，就只能眼睜睜地看著那群雞巴人揚長而去，留下一大堆三字經在我們車內。

阿菁皺眉說：「他們的車牌好像是改過的？一定有問題。」

那些飆仔開得那麼快，只剩下公路盡頭的車尾餘光。

沒輒了。

西瓜只能將車子停在路邊，將身上與座位上的湯湯水水清乾淨。

「絕對是故意的，幹！下次讓我遇到的話我一定整台車撞上去！」

西瓜脫掉襯衫，也一併將裡面的汗衫給摔進後車箱裡。

這個時候，好像應該勸勸西瓜不要再發飆了比較有成熟大人的風範，但我整個也很怒，對著遠方豎起中指罵道：「下次遇到，靠咧，就整個把它的車屁股撞爛！」

幸好西瓜在車子後面多放了一件剛燙好的襯衫，此時正好派上用場，眞不愧是汽車營業員，隨時都準備上場談新生意。

只是少了一件西裝褲搭配，於是西瓜就只能穿著四角內褲配上新的襯衫，很恐怖的打扮。

「線西差不多到了啊，要不要打電話叫賣家出來了啊？」

阿菁看了一下附近。

換好衣服的西瓜心情持續惡劣，此刻的他只想猛踢自己車子的輪胎洩恨。

肥仔龍接過從體育用品店老闆那裡抄來的電話跟住址，打了通電話跟賣家確認。

我牽著阿菁，兩個人有點尷尬地在原地走來走去。

「喂，妳是什麼時候開始喜歡我的啊？」

我盡量用「討論事情」的語氣說。

「……就……在守你的時候啊。」阿菁的眼神飄來飄去。

「可是我的籃球，不是打得很爛嗎？」我詫異。

我還以爲是我很會講笑話咧！

「不知道，大概是……我們兩個一直守來守去的關係吧。」阿菁的手微微出汗，臉紅道：「我還以爲你也有一點點喜歡我，才會跟我互守那麼久。」

眞是誤會大了。

「對不起。」我吐吐舌頭。

「沒關係。」阿菁倒是下定決心似地抬起頭，說：「反正我們也在約會了。」

森弘在一旁將一切看在眼裡，歪著頭說：「你們的對話好奇怪啊。」

掛上電話，肥仔龍說：「賣家的家快到了，我們跟他約在他家巷子口的7-11交易，賣家說等一下錢直接從7-11裡面的提款機提出來給他，免得他收到假鈔。」

「很龜毛喔這個賣家。」森弘說。

肥仔龍摸著巨大的肚子，又說：「順便去那裡吃一下東西吧，超餓。剛剛挖了那個洞，在婚禮吃的那些東西都用光了啦。」

「我也餓了，去小七隨便買個東西吃吧。這種鄉下地方的小七前面都有座位讓人坐，我們在那裡等賣家也好。」我附議。

不過肥仔龍臉色有點古怪，說：「對了，剛剛那個賣家的聲音老老的，不知道在哪聽過，很耳熟！」

之前跟賣家講過一次電話的西瓜，用力踢了一下小VIOS的輪胎，也忍不住說道：「對，聲音很熟……絕對在哪裡聽過。」

是喔。

「傳說這個世界上會有兩個人的臉長得跟你幾乎一模一樣，聲音的話，如果有三個人的聲音都一模一樣，也不稀奇啦。」我不以爲意。

我們上了車，很快就在這個人煙稀少的小鎮找到了那一間便利商店。

大家胡亂買了一些便當加熱，坐在店門口外的桌椅吃，等賣家出現。

「喂，對不起啦。」森弘看著穿著四角內褲的西瓜，有點抱歉地說。

「對不起個屁，干你什麼事？就不要讓我再看見他們一次！超不爽！」西瓜越想越氣，蹺著長滿長毛的大腿用力扒飯。

說眞的，要是我穿著四角內褲，我絕對只想待在車上吃便當。

沒想到西瓜已經氣到什麼也不管了，大刺刺地跟我們坐在一起扒飯。

肥仔龍眞的扯斃了，我們便當才吃到一半，他就已經嗑了兩個國民便當，還幹掉兩包純喫茶，不愧是萬中選一賣雞排的天才。

「賣家什麼時候來啊？」我問，看了一下錶。

都十點半了。

「快了吧？賣家說他會穿短褲汗衫跟藍白拖出現。」肥仔龍含糊地說。

「十點半，現在最快回去也十一點半了。我會被我老婆罵死……眞不曉得，我到底爲什麼要陪你們買球員卡買到這樣。」西瓜瞪了我的手錶一眼，好像忘記現在我們之所以出現在這裡，一開始就是他的提議。

「我明天還要上班啊，趕快買一買要回家了。」森弘苦著臉。

「嘖嘖嘖，再過一下下就可以實現你十八歲的夢想，多少笑一下啊。」阿菁咬著插在可樂上的吸管，兩隻腳像鴨子一樣踢踢踢。

「對啦妳這白痴最高興了啦，終於可以跟暗戀多年的人約會了。」西瓜冷淡地說：「可惜喔，約會過後，陳國星就要回到台北當他的流星街，還是不會跟妳交往的啦！白爽一場。」

「要你管。我現在就很高興，怎樣！」阿菁舉起我跟她緊緊相握的手，故意笑得很燦爛，說：「不像有人喔，如果剛剛開的是跑車的話，就可以輕鬆追上那一台飆仔啦。」

眼看一場凶猛的嘴砲就要展開，這時，穿著藍白拖鞋的賣家終於出現了。

「……那個，你們就是買家吧？」

上了年紀的賣家站在我們面前。

我們抬起頭，表情不約而同都傻住了。

這個所謂的賣家……

「王教官！」阿菁第一個叫出聲來。

「啊？你們是……以前我教過的學生嗎？」王教官倒是沒有很驚訝。

「對啊！」我們異口同聲說道。

太太太太太扯了！

爲什麼王教官就是這個賣家？王教官這種人爲什麼會蒐集球員卡？

「喔，我退休很久了，不過還是常常在街上被學生認了出來，沒辦法，作育英才的工作嘛。」王教官即使沒有穿著軍服，還是露出以前在上軍訓課時、那種自以爲受人尊敬的笑臉，說：「你們要買麥可喬丹的簽名球員卡，是吧？」

「……對。」森弘支支吾吾答道。

在我們五人的靈魂都還沒有歸位的時候，王教官就從手提的透明塑膠袋裡拿出四張約定好讓我們看看的、用壓克力板鑲嵌好的麥可喬丹簽名卡，放在桌上。

這一看，麥可喬丹的光芒暴沖，五個人的靈魂瞬間都歸位完畢。

「這眞是太不可思議了，教官你怎麼會蒐集球員卡啊？」我衝口而出。

王教官面有得色，說：「以前我在走廊巡堂的時候，常常有學生在上課的時候偷偷在底下交換卡片，被我沒收了好幾張。我本來以爲那種東西哪有什麼？沒想到後來有學生帶家長到學校來跟我討，說什麼一張卡片就要好幾百塊、甚至幾千塊錢一張？希望我還給學生。就這樣啊，沒想到球員卡這種東西値那麼多錢，於是我就花了一點時間偷偷研究，不過我從來不拆卡的，我都是直接跟收藏家買增值空間比較好的卡片，這樣在投資上比較有效率啊。」

喔，原來如此。

「未免也太巧了吧？王教官……就是賣家？」肥仔龍一直搔頭。

「哈哈，雖然你們被我教過，不過價錢不能便宜你們，畢竟是麥可喬丹啊。」王教官露出非常雞巴的笑臉。

最討厭這種純粹把球員卡當作投資標的的收藏家了，竟然把那麼厲害的卡片放在菜市場等級的塑膠袋裡提著就來。靠，簡直就是看不起籃球之神啊！

不管森弘買走哪一張，都算是爲那一張卡片找到更好的主人。

「森弘，你自己挑一張吧，不要看價錢，就看你比較喜歡哪一張？」我拍拍森弘的肩膀，大家都把頭湊過來看。

而西瓜，就只是怔怔地盯著王教官的臉看。

我覺得西瓜的表情有點怪怪的，可我怎麼也不自覺地握緊了拳頭？

「王教官，你是以前就住在線西，還是退休後才搬過來啊？」我醒神。

「我老家就在線西啊，就在後面巷子裡而已，畢業紀念冊的師長聯絡方式不都有寫嗎？唉，很多畢業的學生都會到我家找我泡茶聊天話當年啊，畢竟我是作育英才的嘛，哈哈。」王教官自己爽笑了起來。

有那種學生……才怪！

在青春時期，只要不是吃鎮定劑吃過頭的那種乖乖學生，差不多都會跟教官有過戰鬥。不管當時的對抗多麼慘烈，事後回想起來，好像都會覺得是當時的自己太幼稚，然後緬懷教官一下。

是的，謝教官罰過我們兔子跳操場一圈，張教官喝斥我們站成一排打牆壁，李教官命令我們拔了整個操場的草，都是我們偶爾在茶餘飯後緬懷的對象，幹一幹也笑一笑。

但王教官遠遠不是！

王教官的行事風格，絕對距離受到學生尊敬的標準太遠，當年他處罰學生的方式一點都沒有顧及學生的尊嚴，讓我們很多人私下都幹得要死。

舉個例。

還記得高二時，班上有人在下午最後兩節、忠班跟孝班合上的軍訓課時不見了錢包，失主怎麼找也找不到，班長怎麼呼籲就是沒有人承認，眼見就要放學了，兩個班級的學生鳥獸散後就永遠不可能有眞相。

此時王教官大發雷霆，要大家開始在學堂測驗紙上匿名投票。

「寫下你認爲可能是小偷的人的名字，投票結果前十名，要把書包倒在講台上讓我檢查！」王教官重重拍著桌子：「立刻！馬上！把筆拿出來！」

大家超傻眼的，連失主也一臉茫然的後悔。

我立刻站了起來，第一個反對這種畸形的投票。

「陳國星，你幹嘛！」王教官對著我大叫。

「王教官，這不合理。」我全身發抖：「憑什麼逼我們懷疑自己的同學！」

「我教官還是你教官！」王教官怒了。

「你是教官，但也是個——爛人！」我握緊拳頭。

我不曉得怎麼精準說出我的想法，就濃縮成「爛人」這兩個字。

——但應該很接近眞理了！

「陳國星，我看你是作賊心虛！拿著你的書包過來！」王教官五官扭曲。

我整個龜蘭趴火，眼前一黑，只想用最大的力氣將胸口裡的躁鬱排擠出來。

「我不要！我又不是小偷！」我想理直氣壯大叫，聲音卻抖到不行。

兩個班級加起來超過七十個男生都看著我，看著我，看著我。

氣氛很僵，那時天花板上的電風扇嗚嗚咽響的旋轉聲還刻在我耳朵裡。

我的臉很熱，耳朵很燙，鼻子裡的水滿了起來。

「我叫你拿書包過來！」王教官一掌重重拍在講桌上。

「我不要！你這個爛人！」我激動大叫。

十七歲的我遠遠沒有現在厚臉皮，我好像快要哭了。

馬的不妙。

我站起來就是爲了當英雄的啊，爲什麼搞得我要當眾崩潰的感覺呢？

……他媽的我出糗了！

幸好女生的軍訓課是分開來上，于筱薇並沒有在教室裡加入凝視我的行列。幸好幸好。

我一定要吼些什麼。但只要我再一出聲，眼淚一定奪眶而出。

永遠都不會忘記。就在我瀕臨落淚的瞬間，聽見一陣椅子腳磨動地板的聲音。

坐在教室最後一排的西瓜，慢慢站了起來。

照我們惡搞許多老師的往例，西瓜面不改色將袖子往上捲、上捲、上捲。

王教官的視線、兩個班級同學的視線忽地從我身上移開，我如釋重負。

「西瓜！你不要打教官啦！」肥仔龍第一個衝過去拉住西瓜。

「西瓜你冷靜一點！教官也是逼不得已的啊！」森弘也拉住西瓜。

「……雖然不關我的事，打個幾拳意思意思就好了。」楊澤于隨便講個兩句。

「西瓜你不要這樣！打教官會直接退學的！」阿克也擋在教室中間。

「暴力不能解決一切啊西瓜，快想一點快樂的事！」歐陽豪也裝模作樣大叫：「上次你打英文老師那件事忘了嗎？英文老師以後都不能發O的音你忘了嗎！後悔的事就不要再做一遍啊西瓜！」

從沒看過我們玩這一套的王教官，簡直傻住了。

「你……你……」王教官整個人超僵的：「你不要太過分啊！」

接下來當然沒有那什麼鬼的匿名投票，當然也沒有找到幹錢包的小偷。

焦點變成師生衝突，西瓜被記了一支華麗的大過，我只分到一支警告。

論過行賞。

英雄變成了站起來捲捲袖子的西瓜，罵教官爛人的我只成了配角。

總之，王教官——很爛！

現在當年被記過的學生就大剌剌站在王教官面前，但他顯然沒有認出我們來……這也難怪，王教官一向不缺仇家，結仇可是王教官的強項。

「那麼……我想要……這一張！」

森弘拿著「03/04 UD Finite Signatures GOLD Michael Jordan Auto /10」的麥可喬丹親筆簽名卡，畫面是穿著紅色球衣

喬丹雙手持球，預備跨步上籃的瞬間，深藍色的筆跡位於右中方。

我沒記錯的話，這張卡片要價美金一千兩百塊錢。

「確定是這張嗎？」阿菁提醒。

「對，我很喜歡這張卡的感覺，很有霸氣。」森弘將卡片對著便利商店門口的路燈，微微左斜右晃，感受角度變化時麥可喬丹的身影。

王教官點點頭，說：「乘以三十的話，就是三萬六千塊台幣。」

三萬六千塊台幣，完全就是一台筆記型電腦的價格。

拿一台筆記型電腦，去換一張壓克力板夾住的球員卡，這眞是嘖嘖嘖……

「我知道很貴，買這張卡的錢都可以拿去買電腦了，不過電腦會貶值啊！球員卡又不會貶值，只會漲價。對！是有可能貶值，那也要球員受傷或消失啊，你選麥可喬丹就是選對了啦，喬丹風光退休了，他的卡以後只會一直漲下去，掉不下來啦！算你有投資眼光！」王教官滔滔不絕地說。

混蛋，你在講的那些東西都是商人眼中的計算式，眞不想聽到。

「那我去提款。」森弘說完，轉身就要進便利商店提款。

王教官點點頭，說：「我可以站在旁邊看你提款嗎？我怕你把錢調包。」

「……好啊。」森弘的五官抽動了一下。

兩個人走了進去，我們其他人就站在外面等著。

一時之間我們都說不出話來，只是隔著玻璃看著森弘跟王教官走到提款機前。

「嗯。」我從喉嚨間好不容易才擠出這個字。

「嗯嗯。」西瓜很努力，也才比我多發出一個音。

「嘖嘖，王教官耶。」阿菁用下排牙齒咬著上嘴唇，竟然有點可愛。

「不會吧，你們真的……」肥仔龍張大了嘴。

「喂，我才沒有想那麼可怕的事。想的人是你們這些白痴吧？」西瓜冷冷說。

「楊澤于的夢想，就在我們面前，不到十公尺的距離。」我胸口起伏。

「一公尺也一樣，我們都是社會人士了，打下去不是只有記過而已。」西瓜瞪著我，難以置信地說：「你啊，還想上一次頭版嗎？」

「當年捲起袖子的人不是我，我只是出一張嘴罵爛人而已。」我恨恨不已：「我一直對當年那一個快哭出來的我很不齒，媽的，現在又加上一個楊澤于的夢想。」

「更正，是三個。」肥仔龍插嘴。

「對，是三個。」我抓著頭，焦躁地走來走去說：「楊澤于三個夢想都寫要打王教官，那可不是隨便開玩笑的。十八歲的楊澤于的人生，全靠我們了耶……」

十二年前，那一個拿著原子筆、將對另一個人的怨念用力刻在紙上的男孩，還連續刻了三次！他是我朋友！

「說不定是楊澤于自己的問題。」肥仔龍歪著頭：「一個人連續三個夢想都想要打另一個人，光是想就覺得很恐怖，這不正常吧？」

不正常？

對，不正常。

我想起了漫畫《海賊王》裡，薇薇公主的「阿拉巴斯坦篇」中，騙人布跟喬巴聯手對抗Miss聖誕節跟Mr. 4的時候，騙人布提到魯夫的夢想是要成爲海賊王，卻被又矮又醜的Miss聖誕節恥笑：「啊哈哈哈啊哈哈哈……海賊王？別笑死我了……哈哈哈哈哈……」。

騙人布大怒，說了一段話。

對著西瓜、肥仔龍與阿菁的面，我握拳引述了騙人布當時經典的對白：「男人，有時候是絕對不能逃避戰鬥的——尤其是當夥伴的夢想被人嘲笑的時候。」

「這個時候提《海賊王》幹嘛啊？這個時候不是說那種話的場合吧？陳國星，你要想一想你還有另一個名字，叫流星街啊！」肥仔龍朝我的腦袋用力拍了過來，卻被我撇頭閃開。

我瞪了肥仔龍一眼，雖然我沒有霸氣，但肥仔龍還是被我的眼神給彈開。

「馬的……馬的……」我拉著阿菁走來走去。

如果要打，眞的要快一點。

便利商店的提款機，一次限制最多只能提兩萬塊錢。

三萬六千塊錢，只需要兩次就會提完。

等到王教官拿走森弘領出來的三萬六千塊錢出來，就會立刻拍屁股走人。

下次要再燃起打王教官的雄心壯志，不知道還要等多久。

不，根本就是遙遙無期，絕不可能。

「陳國星，別推給楊澤于，我看你是自己也想打吧？」

西瓜冷淡地看著我。

「……」我無法辯駁。

但，至少也有百分之一是楊澤于的份啊。

不過，西瓜倒是再度捲起了袖子。

「打個意思意思就好了，算我陪你。」西瓜露出猙獰的表情。

剎那間，我感覺到西瓜身上傳來一股暴漲的戰鬥力。

媽的，這小子自己其實也想打人的吧！

「當年要不是被記了那一支白痴大過，我也可以參加大學甄試。要是參加甄試，我就可以避開大學聯考當天拉肚子失常了。嘿嘿。嘿嘿。」西瓜就像突然變身成超級賽亞人，整個人發出的鬥氣將我往後吹倒了兩三步。

肥仔龍求救似看著阿菁。

那眼神彷彿在說：妳不是警察嗎？快阻止他們啊！

「眞的想打就打吧。」阿菁只是低聲：「不過我是警察，我旁邊看就好了。」

先是一怔，肥仔龍再來是深深嘆了口氣，像一頭鬥敗的豬。

也只能準備就範了他。

「我……我是爲了楊澤于。」肥仔龍懊惱地說，無奈地捲起袖子：「牢牢記得這一點啊，我跟你們完全不一樣，我是講義氣，你們是意氣用事。」

我看著森弘拿了第一次提出來的兩萬塊給王教官，又開始按第二次密碼。

快了快了。

西瓜開始在做暖身操，左手拉住右手手腕翻到後背拉筋，相當認眞。

我扭動脖子，摩拳擦掌：「總之不要遲疑，等一下他們一出來就打。」

阿菁鬆開了我的手，越走越遠，只用一眨一眨的眼睛陪著我們。

我不怪阿菁。

如果她不是警察，肯定也會捲起袖子加入我們的。

「打完記得道歉啊。畢竟對老師要有禮貌。」阿菁遠遠地提醒。

「沒問題啊，這是基本的嘛。」我科科笑了起來：「打了人就跑，是小孩子的行爲，我們都是大人了，打之前就準備好要負責了，喔？」

「對啊。我也會好好道歉的。」西瓜一臉的誠懇，微微空跳暖開膝蓋。

「你們……都瘋了。」肥仔龍五官扭曲，兩眼無神。

此時，就當森弘在提款機前一手將剛剛領出來的鈔票交給王教官，而王教官也一手將麥可喬丹的親筆簽名球員卡交給森弘的時候，一陣非常急促的輪胎摩擦聲停在距離我們僅僅五公尺外的白線上。

順著那不尋常的尖銳煞車聲，我們同一時間轉頭看向後方。

「……」我的呼吸好像暫時停止了。

那輛剛剛停在便利商店旁的黑色賓士轎車，門打開，從駕駛座跟副座下來了兩個人。這兩個人的手上，一個拿著疑似手槍的東西，一個晃著開山刀，手裡還拿著一只大麻袋。

兩人臉上都沒有任何表情。

唯一牽動他們五官線條的，就是吃檳榔的咀嚼動作。

明明就是相當危險的一個畫面向我們逼近，但我們卻像在草原上呆呆看見老虎的兔子，只是茫然地讓那兩個拿槍拿刀的非善類朝我們走來。

我的意念並非一片空白，而是出現一個相當濃烈的祈禱——

阿菁，什麼都不要做拜託！

「不要動。」

拿槍的男人停了下來，將槍口對著我們這幾個預備毆打教官的人。

拿刀的惡煞直接走進便利商店，沒有高喊一聲累贅的「搶劫！」，而是一刀劈在桌上，另一手用力將灰色的麻袋扔在店員臉上。

表情僵硬的店員像是訓練有素的搶犯同夥人，用最快的速度打開收銀台，將零錢跟鈔票通通扔進大麻袋裡，一點抵抗的意思都沒有。

「菸啊！」拿刀的惡煞又是一劈。

「啊！好！」店員立刻將身後的香菸掃了好幾條進去。

我什麼都沒有想，只是用眼角餘光看向店內的森弘，並瘋狂祈禱阿菁不要大爆發。

只見拿刀的惡煞一手抓起裝了零錢跟鈔票的大麻袋，正要轉身走出便利商店時，好死不死，看見雙手拿著剛剛從森弘那裡接收過來的一大疊鈔票的王教官，正站在距離他身後只有兩個箭步的距離。

該死的巧合？還是幸運的巧合？

森弘的手裡拿著剛剛到手的球員卡。

王教官的手裡拿著三十六張千元大鈔。

「千萬別抵抗啊。」我只有這個念頭。

那個拿刀的惡煞大叫：「拿來！」

我聽不到王教官講什麼，總之嘴角在動，竟然像是在辯解什麼。

失去耐性的拿刀惡煞一踏步，在漫長的時間流動中快速縮短了之間的距離。刀拿起。

王教官完全忘記他在軍訓課上大言不慚教過我們的防身術，完全沒有任何動作，完全沒有抵抗，完全沒有一點當年我們認識的王教官的樣子。

接下來的畫面，讓我的心整個揪住不動。

王教官倒下。

拿刀惡煞拿刀架在森弘的脖子上，大叫了一聲我無法接收的命令。

臉色蒼白的森弘蹲下、把滿地染了血的鈔票快速蒐集撿起，扔進那個大麻袋裡。

有幾個畫面肯定是無意識地加速消失了。

讓我眞正回過神的聲音，是黑色賓士將車門重重摔上的沉悶聲響。

什麼都沒做、也什麼都做不了，我們只能眼睜睜看著黑色賓士駛離我們僵硬的視線，留下地上的輪胎刮痕。

「叫救護車！」森弘大叫，觸動了時間開關。

在我還沒有任何想法時，西瓜就衝向他那台小VIOS。

「做什麼？」我呆呆地問，卻發現自己的手正幫忙關上車門。

不對啊，我在做什麼？

怎麼大家都上了車？

跟來的時候一模一樣的位置，只是每個人都將身體弓了起來。

「王教官剛剛只被砍到手，死不了！」森弘很激動：「追上去！」

「坐好。」

還用得著森弘提醒，西瓜已經發動引擎，暴踩油門。

「阿菁有槍，那兩個白痴一定想不到。」西瓜只說了這一句話。

「有機會。」我脫口而出。

我這時才醒覺，我們這些人竟然不知天高地厚地想追上那群搶匪！黑色賓士的車尾燈飆得很快，越縮越小。

我們幾乎忘了自己坐的是引擎檔次相差太多的小VIOS，何況車子上還滿載著五個人，其中還有一頭超過一百公斤的豬，根本不可能追上對方！只憑著正義，是沒有辦法得到正義的。

「……」西瓜無語。

「……」肥仔龍完全沒有意識到自己是拖垮速度的兇手之一。

「有辦法跟多遠就跟多遠，我一邊通知附近的分局把路封起來。」阿菁鎮定地說，手機已經貼在耳朵上。

此時她猛然對著我說：「對不起，約會變成這樣了。」

我虎軀一震，這個時候還有辦法想到約會，真不愧是那個阿菁。

正當阿菁忙著跟分局說明黑色賓士的特徵時，我們已經完全看不到那兩個逞凶匪人的蹤跡。

夜晚的西濱公路又長又直，毫無商量空間，我們徹底輸了。

也許輸了正好。

眞的追上去，我們又能怎樣？

說實話，我們又不是超人特攻隊，也不是在演警察故事，沒有學過功夫或擁有血繼界限，充其量不過是幾個再也不年輕了的普通大人。

一個賣車的。

一個寫歌的。

一個賣雞排的。

一個賣門號的。

唯一手上有槍的，卻是一個最令人放不下心的怪怪女生。

對方車上有兩個拿槍拿刀的暴力狂……不，說不定車子後面還有坐人。

說不定是更狠的角色，說不定竟然會是一具屍袋？

萬一車子再度相會，丟過來的不會只是一包沒吃完的滷味湯汁，而是手榴彈也不一定。他媽的我們現在到底在期待什麼啊？

「等一下，前面那輛白色的BMW是怎樣？好像是剛剛那一台！」

肥仔龍抖擻。

我往前探頭。

遠遠的，一輛白色轎車停在路邊，幾個人在稀薄的路燈下放著煙火。

依稀就是剛剛那一輛作弄我們的飆仔車沒錯。

「就是！」西瓜急甩方向盤，煞車急停。

一個讓人噁心想吐的超級甩尾，直接將我們甩到那幾個飆仔旁邊。

……肥仔龍則眞的吐了。

靠那麼近，又是暴吵的電子聲浪。

沒錯，就是那一台行徑惡劣的白色BMW！

根本就不必多說什麼，我們用最快的速度下車。

對方有四個人正吆喝著一邊喝酒、一邊用手放沖天炮。

他們愣了一下，隨即認出我們就是剛剛被他們作弄的那台車。

「幹！不服氣啊！來啊！」一個正在放衝天炮的猴死孩子霍然站起。

「來啊！來啊！幹你娘雞掰咧！」一個頂多十六歲的削瘦男生甩著三七步。

另外兩個男的也丟下手中的啤酒罐，朝著我們惡形惡狀地走過來。

「衝瞎小！」一個乳臭未乾的小子豎起中指。

「賽恁娘是在不爽啥？那個臉是要擺給誰看！」故意脫掉上衣的刺青男咆哮。

我嘆氣，看著阿菁。

西瓜嘆氣，看著阿菁。

森弘嘆氣，看著阿菁。

肥仔龍沒有嘆氣，他還在吐，但也看著阿菁。

也許平常我們很怕這種屌兒啷鐺的壞飆仔，但我們剛剛才見識過眞正的危險人物，現在可沒心情跟他們耗。每一秒都非常珍貴！

阿菁拿起警槍，對空扣下扳機。

碰！

「聽好了，我是警察，現在要徵用你們的轎車追捕犯人！」

阿菁這毫無遲疑的一槍，將那四個死飆仔嚇得立刻趴在地上，連屁也不敢放。

「全都留在原地等警察來！清不清楚！」阿菁又開了一槍。

這一槍連做好準備的我，也心悸了一下。

「清楚、清楚！」四個飆仔趕緊說。

白色BMW車子上的鑰匙還插著，西瓜直接開門坐進駕駛座。

阿菁坐在副座，我跟森弘則坐在後面。

「肥仔龍，你開西瓜的車跟上！」我一腳將也想上車的肥仔龍踢出去。

「爲什麼？」肥仔龍問歸問，還是乖乖上了西瓜的小VIOS。

兩台車一前一後發動，再度往前衝出。

目標：黑色賓士。

CHAPTER 8
大爆發的青春煙火

夜的西濱公路。

我們的車速很快，一下子就將肥仔龍拋在後面。

「喂，會不會開太快了？」森弘忍不住說道。

「還不夠快。」西瓜回答森弘，表情卻更像自言自語：「剛剛那一台車就是用這樣的速度把我的車甩在後面，他們甚至連我們想追上它都沒有感覺。你們坐好，交給我。」

「……我們眞的要追上去嗎？」森弘這個時候也察覺了不對勁。

幸好不是只有我一個人還有腦袋。

「都追到這裡了。」西瓜簡潔有力地回答。

乍聽之下有點道理，其實根本就說不通。

正常人會這樣追上去嗎？對方的手裡可是拿著槍的大惡棍啊！

「聽好了，剛剛不是一般的搶劫……」阿菁非常認眞地分析：「一般搶匪都是很低調地拿開山刀搶完錢就走，就算不遮臉，至少也會戴一頂安全帽。那兩個人什麼也不掩飾，說動手就動手，太狠了……像是在跑路的兄弟，樣子被認出來也不在乎的那種大尾仔。」

「對，一般欠錢的搶匪都騎機車吧，他們還有錢開賓士。」森弘點點頭。

「白痴，那輛車不像歹徒自己的車，感覺是搶來的贓車……」西瓜皺眉。

「說不定他們是很大尾的通緝犯，一路搶車搶錢在逃。」阿菁握著手槍，一邊擦著手汗，說：「等一下不要太勉強，讓我開槍打爆他們的輪胎就可以閃了，後面趕上的警察自然會處理剩下的事情。」

「嗯，我可是有老婆小孩的，絕對不會太勉強。」西瓜深深吸了口氣。

「不過阿菁，妳的槍法怎樣？」森弘緊張地說。

「不知道……還可以吧。」阿菁的語氣聽起來也很緊張。

比起討論對方的身分，我倒是一直在想實際的作戰方式。

我一進車，就看到後車座上都是各式各樣的煙火，有沖天炮、煙霧彈、水鴛鴦、十二連發金滿天、六連發轟天雷、群龍亂舞、菊花盛開、大雷王……光是看名字就覺得威力強大。那群飆仔真是好興致，今天什麼節都沒有，卻開到來這個海邊小鎮測試煙火。

「這個……七彩霓虹大龍砲，聽起來很猛。」森弘看著我手上的煙火。

在前座的阿菁看向我。

「如果阿菁沒打中輪胎，我們就放煙火弄瞎他們，趁機逃掉。」我說。

「我會打中。」阿菁信誓旦旦保證。

我拿起打火機測試。打火機沒問題，等一下只要賭一下煙火從點燃到實際噴出的時間差，成功了，就可以製造出讓人眼睛花掉的大爆炸。

「森弘，等一下你拿菊花盛開，我拿七彩霓虹大龍砲。」我分配火力，又說：「這個群龍亂舞聽起來也很威，你的菊花盛開用完了就換這個。然後我再弄這個大雷王……」

「等等，要用手捧住朝他們那邊射，還是丟在地上？」森弘開始流汗了。

我打開車子上面的天窗，說：「當然是想辦法朝他們那邊射啊，逼不得已才丟地上……丟地上搞不好還會往我們這邊射咧！」

徒手放普通沖天炮是一回事，但用雙手施放這種慶典等級的煙火又是另一回事，隨便都會把手燒傷。

不過逼不得已的時候自然會生出逼不得已的勇氣吧。

「眞的假的啊？」森弘看著即將燒傷的雙手。

「人生裡發生的每一件事都有意義。今天森弘會帶鐽子去女神的婚禮不是偶然，晚上我們去學校挖洞不是偶然，爲了買球員卡跑來線西不是偶然，王教官正好就是賣家也不是偶然，爲了追上那一台快得要死的賓士、路上正好出現一台BMW給我們搶也絕對不是偶然啊！現在！這些煙火此時此刻出現在這台車子裡，也一定有它的意義！」

我胡說八道，希望自己說的的確是眞：「你從窗戶裡面射，我從天窗上面射！兩個只要有一個成功就可以！」

我從天窗探出頭，伸出雙手，想像待會手持煙火的感覺。

現在是逆風，車速又超快，如果要讓煙火順利遮蔽歹徒的視線，一定得開到對方前面、再往後放……在那之前，就要看阿菁的槍法了。

前方。

黑色賓士的車尾燈終於出現。

對方顯然沒有剛剛開得那麼快，才會被我們追上。

可惡，我的心跳得好快。

「給妳兩槍的機會，夠不夠？」西瓜的聲音既高亢又急迫。

「我要……射到都沒子彈！」阿菁咬牙切齒，按下副座的車窗。

「太任性了吧？」森弘張大嘴。

兩台車越來越近，這種不正常的接近法，對方絕對也注意到我們了。

我可以感覺到西瓜的腎上腺急速上升，油門的聲浪也越來越滿漲。

「……現在後悔還行不行！」森弘鬼叫：「我明天還要上班啊！」

「阿菁！」我在巨大的風切聲中大叫：「不要想太多！」

阿菁可不是愛說廢話的女生，伸出手，幾乎沒什麼瞄準就往前面開槍。

碰！

槍聲劃破的瞬間，那種自以爲在演警匪追逐戲的幻覺戛然消失。

……我差點要尿出來。

沒打中，那一槍到底打到了哪裡我見鬼的什麼也沒看見。

這一槍讓歹徒的車子立刻減速。

但對方可不打算靠邊停，而是打算整個撞了過來。

「好啊！來啊！」西瓜也快踩煞車，方向盤一陣我無法描述的亂打。

兩台車正好在兩線道對換左右位置的時候，對方從搖下的車窗伸出手……

「小心！」我在天窗上看的很清楚，那隻手拿著槍！

轟隆！

我們車前挨了一槍，擋風玻璃整個碎掉，但沒有立刻摔掉下來。

「幹！」西瓜大叫：「看不清楚了！我要停了！」

阿菁好像在這個時候硬是朝他們開了一槍還是兩槍，大叫：「直直開！」

警槍子彈擊中賓士的車板，但沒能貫穿，更沒打爆輪胎。

此時我還卡在天窗上頭昏腦脹的時候，一向膽小怕事的森弘自己按下了後面車窗，

抱著點燃的「菊花盛開」朝駛在我們旁邊的黑色賓士一陣狂射！

耀眼的大束大束的橘色煙火朝黑色賓士衝去，濃煙則嗆滿了我們自己這台車。

對方肯定想不到會被煙火突襲，整個車開始不穩地向外線滑去。

但不知道森弘是因為手整個燒得太痛、還是車速不穩，一不小心將射到一半的菊花盛開脫手而出，摔在路上。

這時我看到讓我心臟停止的畫面。

一顆頭探出對方車頂，拿著槍對著我。

「！」我立刻縮頭下車。

砰！

砰！

子彈從我的頭髮上呼嘯而過。

剛剛如果我沒有即時把頭縮進車子裡，我現在已經腦殘了。

「會死啦！」森弘尖叫。

「……」我背脊都是冷汗。

不過這個恐怖的景象，卻給了我一個相當不正常的靈感。

我像是抓住了什麼，大叫：「西瓜，靠近他們！整個側面撞上去！」

「白痴啊！他們有槍啊！」西瓜大罵。

「我也有！」

阿菁朝對方又開了一槍，我已經無法注意阿菁到底有沒有收穫。

對方還是跟我們保持平行。

這個完全不怕我們的囂張舉動，就是想互相開槍直到某一方翻車爲止。

「西瓜！撞一次給我就好！」我大叫。

「……」幾乎是低著頭開車的西瓜沒有回答。

「撞一次！」我用腳踢。

「幹！」西瓜手中的方向盤做出回應。

「十秒內一定要給我撞到！森弘幫我點火！」我整個腦充血。

西瓜悶不吭聲用奇怪的姿勢開車，而阿菁整個身體也彎向前面閃子彈。

兩台車眞的越靠越近，越靠越近。

對方又趁機開了兩槍，我可以感覺到車子某個部分被打中了，一種金屬碎裂的怪異聲響，沉重至極地威嚇我們。要撤退，這是最後的機會了。

但西瓜沒有停手，繼續朝對方橫向撞去。

森弘也眞的將剛剛點燃的煙火交在我手上。

「西瓜穩住！」

大叫最後這一聲後，我憋住呼吸，整顆心跳得瘋狂快。

兩車即將橫向撞上的瞬間，我兩隻腳踩在椅子上，上半身整個探出天窗。

森弘跟阿菁牢牢抱住了我的腳。

迎著幾乎讓我眼睛睜不開的風，兩台車之間的距離逼近零。

對方手中的槍，又伸出了車窗。

其實，我們沒有什麼了不起的青春。

很多毛頭小子在變成大人後，老朋友把酒言歡，特別喜歡聊以前在廁所偷偷抽菸被記過、興致一來就翻牆逃學、沒事幹就打群架偷東西等等離經叛道的「歷史」。越是充滿對抗意識的叛逆青春，好像就有趣、越熱血。

比起來，我們這幾個傢伙只是把書讀好的那種乖乖牌。

很多人都跟我們一樣省零用錢蒐集球員卡，很多人都跟我們一樣用立可白在書包上塗鴉，很多人都跟我們一樣喜歡班上的某個漂亮女生，很多人都跟我們一樣會在掃地時間偷偷出校買雞排，很多人都跟我們一樣……明明就普通得要命，卻又自命不凡地認爲自己的青春相當特別。

那次唯一跟教官槓上的衝突，竟是我們最不凡的回憶。

除此之外，十八歲的我們，眞的就是忙著補習，忙著寫測驗卷。

忙著習慣苦悶跟瑣碎的抱怨。

很平凡。太平凡。

不過……幸好在那些平凡苦悶的日子裡，我們認識了彼此。

這才沒有浪費了那些年。

「陳國星！」阿菁尖叫。

帶著絕對瘋狂、全無根據的自信，我將即將引爆的七彩霓虹大龍砲丟出。

那條經典的拋物線到底長什麼樣，我根本毫無印象。
事後怎麼回想也想不起來。
只記得腦中只有一個白痴念頭……

麥可喬丹，顯靈吧！

七彩霓虹大龍砲，就這麼扔進了對方打開了的天窗。

CHAPTER 9

不能害怕自己不相信的東西

演藝圈裡很多人抽菸。

當導演的抽，寫劇本的抽，演戲的抽，扛鏡頭的抽，寫歌的抽，唱歌的抽，彈樂器的抽，主持的抽，走秀的抽……

我沒想學過，因為不想讓自己覺得自己是一個很容易被影響的人。

後來我慢慢知道，有些人抽菸不是戒不掉那股氣味，也不是想藉著抽菸拖延身體的疲倦感，而是，抽菸的姿勢慢慢會變成一種自以為帥的風格癮。

我原本覺得那種帥都很空洞，直到《海賊王》裡的香吉士咬著菸出現……

現在，在大部分需要很酷的抽菸姿勢時，我只是不停咬著癟掉的吸管。

YES——就是我現在坐在公路路邊的姿勢。

「這真的是，太扯了。」

我只能這麼笑笑，裝作一切都是不經意的帥。

「這一切，都是靠我精湛的開車技術。」

西瓜穿著濕了一片的四角內褲坐在我旁邊，抽著貨眞價實的菸。

「爲什麼要做這麼危險的事……我明天還要上班……等一下還要做筆錄……我都已經三十歲了……」

森弘囉哩巴唆地抱怨，好像自動重複倒帶的壞掉錄音機。

「媽的啦，怎麼搞得我什麼都錯過了一樣啊！歧視胖子嗎？！」

肥仔龍將生平所學的三字經全罵過一遍，然後逼我們承認他也有功勞。

至於阿菁，她就沒有坐在我們旁邊加入自我陶醉或碎碎唸的陣容了。因爲我們的旁邊，倒了一台一百八十度翻轉的黑色賓士。而阿菁正代表我們這些見義勇爲的帥男人們，正經八百地跟當地派出所的員警們解釋整個事情發生的起承轉合。

救護車剛剛開走，在警察的戒護下送走了兩個榜上有名的槍擊通緝犯。

他們以後在牢裡大有精彩的故事可說。

比如……在快要拿槍幹掉對方的時候，突然車子天窗被扔進雙十國慶等級的煙火，一陣難以言喻的華麗大爆炸後，方向盤失控，車子撞上安全島，漂亮地在半空中轉了半圈才在公路上吱吱吱滑壘。

之類的。

現在已經錯過了明天報紙的截稿期限，所以我只能預定後天的各大報頭版。這次應該算好事了。

警察在我們「借來」的白色BMW上不停拍照，將裡面的剩餘煙火拍了很多下來，不曉得是當作證物還是員警個人拍照的興趣。

打開白色BMW後車箱，除了更多的煙火，還有更讓人大開眼界的東西。

四把開山刀、一綑童軍繩、黑色強力膠帶、一把改造手槍……我想等一下那四個死飆仔應該有很多故事可以跟警察說。

「怎麼地上有那麼多煙火盒？」拍照的警察皺眉。

「……不能放嗎？」西瓜若無其事地說。

剛剛在等待姍姍來遲的警力駕到之前，時間很難打發。

我們閒到將兩個暈死過去的歹徒拖出車外狂揍一頓外，還不顧阿菁的苦苦哀求，硬是在敗走的黑色賓士旁邊放了好多超驚人的煙火，慶祝這場大勝利。

「你們怎麼那麼幼稚？好好等警察來不行嗎？」阿菁剛剛是那麼說的。

「不行！我剛剛都沒放到！」肥仔龍異常堅持，蹲在地上又點了一根大砲。

「幼稚？阿菁妳好像沒資格說我們。」西瓜用菸屁股點了一大串連發砲。

「陳國星！你是名人，你跟他們說！」阿菁氣急敗壞。

喔喔喔，原來我是名人啊……

「阿菁，我們不是在約會嗎？放煙火也是約會的一部分啊。」

我走過去，拉著阿菁的手一起點煙火。

「吼！」阿菁哀號。

天空亮了，又亮。

亮了又亮。

幸好有阿菁罩著，筆錄很順利，過程也讓整個派出所充滿了爆笑。

做完筆錄的時候天已經快亮了，聞風而來的記者將樓下團團包圍。

「怎辦？」大家看著我。

「等他們撤啊。」我伸了個懶腰。

暫時還不想跟那些媒體打交道，我們躺在派出所的頂樓天台上吹吹風，喝著員警請客的冰啤酒，比起樓下的熱鬧場面，我們這幾個英雄愜意得有點過分。

原本今天晚上要幫大家實現未完的十八歲夢想的，卻橫生枝節了那麼多。

充其量，竟然只有幫森弘買到一張麥可喬丹的簽名球員卡。

對啦！還有我跟阿菁的約會、讓西瓜開了一分鐘的跑車！

頂樓好涼快，啤酒也好涼快。

除了滴酒不沾的森弘狂喝烏龍茶外，我們每個人都至少喝了兩罐啤酒，空啤酒罐散了一地。

約莫半個小時我們什麼都沒說，只是躺著，各自回憶今天晚上發生的一切。

穿著樓下警察借給他的運動短褲，西瓜打了電話回家給老婆報平安，說什麼剛剛跟我們合力幹掉了兩個通緝犯、超屌超神奇的。只是這種說詞似乎不被老婆採信，給狠狠臭罵了一頓，西瓜只好無奈地掛掉電話。

「是怎樣，偶爾當一下英雄也不行？」他很幹地說。

「老婆就是老婆啊。」我隨便亂附和。

阿菁跟我的手有時牽在一起，有時沒有。夢想的約會也接近了尾聲。

肥仔龍好像瞬間睡了一下，隆隆的打呼聲聽起來很催眠。

森弘反覆看了喬丹簽名球員卡約一萬次，我注意到他偷偷在哭。娘砲，害我也有點鼻酸。

「對了，王教官沒事吧？」肥仔龍忽然醒了。

「聽說王教官沒事，在醫院觀察幾個小時就可以回家了。」阿菁轉述最新訊息。

「半夜被砍了一刀，眞衰。」我說，雖然我其實沒什麼感覺。

「被砍就被砍了啊，過幾天我們包個簡單的紅包去看王教官，那個時候再打他好了。」西瓜用平淡的語氣說著很雞巴的事。

「真的假的？」森弘大驚。

「大家聚會總要找個理由吧！」我贊成。

最後，意思意思打一下就成了我們最後討論的定案。

又沉默了好一陣子，手中啤酒又空了一罐。

「剛剛子彈打中擋風玻璃的時候，我的人生在一瞬間跑了一次。」

西瓜拿著冰涼的啤酒壓在額頭上，慢慢說：「最後的畫面，停在，我將臉靠在小禎的大肚子上，小禎慢慢拍拍我的頭，說……沒關係，我們一定會幸福的……乖乖，我們一定會幸福的……」

西瓜的人生，就是從那個畫面開始，慢慢跟我們分道揚鑣的。

冰涼的啤酒在他的額頭上冽出一道冷水，順著西瓜的眼角流了下來。

「……」我深呼吸。

此時胸口無比暢快，好久沒有這種「什麼都沒有背負」的感覺。

「我也是。」我說：「我的人生跑馬燈，在我丟出煙火的一瞬間閃了一輪。」

如果那個時候，坐在副座上的飆仔不是好好坐在位子上，而是正從車子天窗探頭出來朝我開槍的話，此時此刻的我，大概躺在冰冷的太平間，霸佔掉夜間即時新聞好幾個小時的特報跑馬燈。

「我的人生跑馬燈……同一個晚上跑了兩次！」森弘全身扭來扭去。

一次是在開山刀架在他脖子上的時候，一次肯定是飛車追逐時的某個瞬間。

眞是難爲他了。

肥仔龍呆呆看著深藍的天空，喃喃說：「我沒有看到什麼人生，馬的。」

「……我也沒有。」阿菁幽幽說道：「我的人生精華，現在全都在我的旁邊了。」

我們不約而同將頭撇向阿菁。

當我們的視線因停留在阿菁的臉上互相碰觸的時候，我們又敏感地、迅速地將頭撇回。

……眞會說話啊，平常不是牙尖嘴利得很嗎？

「喂，西瓜。」

森弘將那張珍貴到讓我們幾乎丟了性命的球員卡，高高舉起。

「衝瞎？」

「我的球員卡買到了，天亮以後就輪到我們押著你去買跑車了。」

「……白痴，跑車怎麼能夠跟球員卡比？其實我剛剛一聽到麥可喬丹的簽名卡要削你三萬多塊，我已經覺得貴爆了，可以讓我兒子去上三個月的雙語學校了。」西瓜嗤之以鼻。

只是，說歸說，西瓜的臉上還是露出躍躍欲試的表情。

「剛剛你開得很殺，超猛的。」我不禁稱讚。

不過我省下了一聲謝謝。

謝謝他不顧性命地，給了我一次恰到好處的絕對逼近。

「手感超棒的啊，引擎的感覺好像直接連到我的腳底神經了……馬的，小孩長大後，一定要買一台好好浪費一下錢！」西瓜閉上眼睛。

大概是不想我們看到他眞正的表情吧。

有些夢想，縱使永遠也沒辦法實現，縱使光是連說出來都很奢侈。

但如果沒有說出來溫暖自己一下，就無法獲得前進的動力。

「上次我去你家，小禎看起來很幸福。」我說，這倒是真心話。

西瓜沉默半晌，還是得意地笑了：「……謝謝。」

也許，連西瓜自己也不知道，他已經努力活在另一個夢想裡。

肥仔龍高高舉起有點不冰了的啤酒，說：「那就敬一下西瓜吧。」

於是我們硬是用躺著的姿勢，艱難地灌了一大口啤酒。

「敬肥仔龍——唯一確實達成夢想的男人。」西瓜很不習慣被祝福的感覺，立刻pass給肥仔龍。

「謝謝啦，歡迎大家常常來吃我的雞排。不過我還有阿菁沒追到，今天之後我會好好努力的。」肥仔龍大聲說，舉酒向天。

阿菁白了我們一眼。

「然後也敬一下……永遠的麥可喬丹吧。」我跟著說。

大家又是艱難地灌了一大口啤酒，這次肥仔龍還嗆到。

「球員卡買了，ＮＢＡ我們就沒辦法幫你了。抱歉啊。」西瓜淡淡嘲諷。

「……謝謝。不過三萬六是真的很貴。」森弘科科科地拿著烏龍茶笑道：「輪到敬一下阿菁的槍法吧！要不是阿菁的槍法很爛打不到輪胎，我們也看不到煙火在賓士裡爆炸的經典畫面耶。」

阿菁哼哼，卻開心地與我們隔空乾杯。

「敬陳國星，你的籃球爛到不行，可是最後那一投實在沒辦法挑剔。」

阿菁嘖嘖嘖：「乾杯！」

「乾杯！乾杯！」

「大家乾杯！」

「烏龍茶代酒啊！」

我得意洋洋地接受大家的乾杯。

「我認眞起來，連我自己都會害怕啊！」

只有這些人整天在叫我陳國星，而不是叫我流星街。

這兩個名字都是我自己，兩個名字我都很喜歡。

但眞正可以跟我一起喜歡陳國星的人，就是這些可以用力巴我頭的混蛋。

只有這些人才能代表那些年啊。

「十二年了，陳國星，我們這一群人還是你混得最好。」西瓜開口。

「喔。哈哈。」我是過得很快樂沒錯……大部分的時間。

「其實你寫的第二個夢想，也算是實現了不是嗎？」

森弘的語氣很直率，說：「你寫了那麼多首歌，裡面又有很多首歌被唱紅，很厲害了啊，又常常在報紙上看到你的消息，這樣應該也算是實現夢想了吧？」

我的第二個夢想，我想成爲一個可以改變世界的那種人。

那種人應該很強很強，而不是被水果日報跟抄襲高中生聯手捅了一刀後，懷憂喪志了好幾天的我能比得上的。

「你說的只是公眾人物而已，虛有其表的人多的是。那沒什麼。」

我嘆氣，卻沒有嘆氣時該有的悶：「那些夢想，似乎只屬於十二年前的我。當不了就當不了吧，也沒什麼。」

「至少當年的你，不怕在十年後當眾唸出夢想的時候會被大家笑。」肥仔龍有點認眞地說：「這可是相當不得了的勇氣呢。」

我回敬：「你也一樣啊，竟然敢那樣寫阿菁。」

肥仔龍忙說：「不，不一樣。我當年是眞的滿喜歡阿菁的，可是阿菁又不喜歡我，她喜歡你，我看得出來。所以我那樣寫，應該……應該是當年的我不敢跟阿菁告白，所以才會想，至少十年以後我再怎麼不敢，也要當著大家的面把紙條上的字唸出來。」

「難怪你字寫的那麼多，不像平常的你咧。」森弘說。

「……」阿菁似乎偷看了肥仔龍一眼。

那個動作被我發現，阿菁的臉瞬間紅了起來。

「阿菁，妳會看不起我嗎？」肥仔龍慢慢坐了起來，動作有些吃力。

「不會啊。」阿菁想都不想。

「可是，我不像妳喜歡的陳國星，我是個沒有什麼夢想的人。」

肥仔龍嘿嘿地笑著：「我就是喜歡吃雞排所以乾脆就賣雞排，我的人生一下子就達到滿足點了，每次一想起來，就覺得自己是不是在偷懶啊。」

阿菁也坐了起來。

拿著不曉得還有沒有子彈的警槍，阿菁搖搖晃晃地說：「……我自己也沒什麼大夢想，要說有的話，就是希望你們聚會的時候不要忘了找我一起吧。」

五個人裡面有兩個人都坐了起來，剩下的三個不知怎地也跟著坐起。

天快亮了。

遠方的天際，從深藍慢慢亮透了一抹清澈的淡紫。

「雖然不爽，不過我同意森弘說的。他媽的我眞羨慕你這個白痴，從很久以前你就無視我們這些普通人生存的方式，自以爲屌地走自己的路，也不怕會不會被餓死。」

西瓜看著我，拿著手中啤酒向我晃一晃：「寫歌啊，眞有你的！」

其實我很怕餓死啊，只是我比較幸運罷了。

「大家都有各自的才能啊！」我拿手中啤酒去撞西瓜的啤酒。

「什麼話？少在這裡裝謙虛，我們之間就只有你的才能可以得到所有人的認同，這很猛啊！」肥仔龍用力拍了我一下頭：「很猛啊聽到了沒！」

靠，好痛。

「很猛是很猛，但一個人的才能被放在每一個人都看得到的地方，不可能聽得到的都是好聽話。」我有感而發，又想起了那些試圖想擊潰我的人：「很多人……他們都說我過度商業化，已經突破不了以前的自己。」

「你有嗎？」西瓜隨口。

「……蝙蝠俠說過，他的弱點就是不能被誤解。」

我用力捏爛手中的啤酒罐，恨恨說：「他馬的，我可以突破不了自己，但我就是一直想寫歌寫下去啊！突破不了就不能寫嗎？我的歌越來越受歡迎，爲什麼就一定代表我商業化？幹！很多人都說我寫過最厲害的歌就是我一開始寫的那幾首，我眞搞不懂耶，既然那些歌最厲害，爲什麼當初那麼少人喜歡？爲什麼啊你告訴我！爲什麼大受歡迎的歌就一定是芭樂歌？爲什麼我就不能一邊喜歡寫畸型的怪歌、一邊寫副歌聽過一遍就會唱的芭樂歌？靠！」

這些話我從來沒有跟任何人說過。

剛剛那些在黑色賓士裡爆炸開來的巨大煙火，一定是撞開了我心裡的什麼，或毀掉了什麼。

我們一整個晚上都在胡說八道，專做一些莫名其妙的事情。我突然這麼認眞地抱怨發生在自己身上的事，有點認眞過頭了。

他們一時之間也不曉得該說什麼，接不上話吧我想。

「陳國星，你不能害怕你不相信的東西。」

阿菁轉頭過來，慢慢地說。

「我？害怕？怕蝦小？」我皺眉，面露不屑。

當一個男人被一個女人說害怕，不管是不是事實，都想奮力掙扎一下。

「你在怕。」阿菁鍥而不捨。

「怕蝦小啊？怕我寫的歌不再受歡迎了嗎？我以前有長達五年的時間寫的每一首歌都賣不出去，只是乾放在網路上讓人免費下載，我以前不怕，憑什麼現在我要怕？」

我有點動怒了。

阿菁靜靜地看著我，說：「你不是怕你寫的歌不受歡迎了，你是怕被說，因爲你不想孤獨，所以只想拚命寫一些聽起來就是會受歡迎的歌。」

我愣了一下。

阿菁倒是說到了，我更不可能跟別人說出來的想法。那些想法連我自己都只敢偶爾……很偶爾地想一次。想太多，心情就會很差。

「我不知道曲子有多難寫，也聽不出來怎樣叫突破，但我知道，一個默默無名的人在地下道裡徹夜彈著吉他給空氣聽，很酷，但一個知名歌手在小巨蛋彈吉他唱歌給一萬個人聽，看起來絕對不會比較遜喔。」

阿菁慢慢斜著臉，嘴角露出微微的笑：「如果大受歡迎的人反而要羨慕不被任何人期待的人，那不是很扭曲嗎？」

「……」

「陳國星，你不能因爲你很受歡迎，就害怕你從此以後都無法擁有孤獨。被很多人喜歡，當然是一種幸運啊，當然很好啊！你想想，有多少孤獨的人想跟你一樣擁抱世界，卻辦不到……所以你不能隨便背對著它，不能隨便討厭你的幸運！」

阿菁手中的啤酒輕輕遞過來，跟我的敲敲。

她喝了好一大口，眉毛都擠在一起。

「嗯。」

我吞了一大口啤酒，也吞下阿菁所說的話，裝出認眞思考的樣子。

大概是喝太多罐酒了，說實話剛剛那些東西我聽不是很懂，也不曉得阿菁到底是去哪裡背來的超級台詞，乍聽之下說得亂有道理，可是又亂七八糟地攪和在一起。

但要我露出聽不懂的表情，我又整個辦不到……可惡，我好像輸了。

「阿菁，妳說的我都聽不懂。」肥仔龍舉手：「是在暗示我追妳嗎？」

「差很多好不好！」

阿菁瞪了肥仔龍一眼，大聲說道：「你敢追我就試試看！我開槍打你喔！身分證！駕照！健保卡！」

森弘、西瓜跟我都哈哈大笑起來。

OK啦。

即使我還是沒有得到解答。

但我得到了力量。

很多很多繼續往前進的力量。

超爽的今天……不，昨天。

從森弘帶著一把鏟子去于筱薇的婚禮開始，就註定了此時此刻的大笑。

夠了。

「走吧！去吃早餐吧，我好餓。」我站了起來。

「我早就餓死了。」肥仔龍迫不及待跟著拍拍屁股站起來。

在破曉的陽光下，我們將空啤酒罐叮叮咚咚踢在一起踩扁，踩扁，伸展累了一夜的筋骨。

遠方天際傳來一陣震耳欲聾的悶響，一架飛機從我們的頭頂慢慢劃過。

我抬頭，大家也自然而然抬起頭來。

記得，于筱薇跟那個男人今天就要啟程去渡蜜月吧。

也許就在這一架飛機上？

「于筱薇！再見！喔喔喔喔喔！」我一陣莫名的激動，對著天空大喊。

「女神！再見！再見！」肥仔龍非常配合地一起對空大喊。

「于筱薇女神！我的青春啊！」森弘高舉球員卡，非常用力揮手。

「……白痴，都嫁別人了還叫什麼女神。再見。」西瓜踩扁了一個空罐。

不過，我們這次的舉動並沒有讓阿菁皺起眉頭。

我好奇地看了阿菁一眼。

明明我剛剛帶頭喊叫的動作，就是帶著讓阿菁吃醋的意味啊，怎麼……

「于筱薇再怎麼被你們喜歡，也飛走了。飛走了啦！別忘了今天晚上跟你們一起開槍抓壞人的，只有我！于筱薇很快就會被你們忘記了好不好！」

阿菁哼哼地笑。

臉上的笑容臭屁得、好像又回到了那個守死我的那個馬尾女孩。

昨晚的巧合太多了，不過好像還欠一個。

正當我們走出派出所，走向西瓜的小VIOS時，我的手機響起。號碼顯示，是楊澤于。

「喂？幹嘛啊？」

我暗暗感到好笑，立刻將手機功能切到擴音，讓大家都聽清楚。

「陳國星，我楊澤于啦！」電話那頭有點吵，熙熙攘攘很多人的感覺。

「你打來的時間點真妙啊，你一定不能想像我們趁你不在都做了什麼？」

「告訴你，你錯過了太多事情啊！」肥仔龍大言不慚地在旁邊笑著。

「啊？剛剛那是誰？肥仔龍嗎？」楊澤于的聲音頓了一下。

「有話快說啦。」

「先跟你說我人在洛杉磯機場，已經買到候補座位，再過十二個小時我就回台灣了。我警告你們喔，一定要等我回去找你們，你們才可以去挖那個洞，知不知道啊！」

我差點笑了出來。

大家在旁邊一起聽手機，也都忍得快崩潰了。

「……喔喔，了解了解。那是一定的啊，少了你就不算好兄弟了嘛。」

「對了，你剛剛說什麼，趁我不在都做了什麼啊？」

「沒啦，其實也不是什麼大事。」

「跟你說我報告眞的趕不完了，等一下在飛機上還要用筆電寫。我回台灣以後就要立刻再飛回美國，你們開車到桃園機場來載我，我們直接衝去學校挖一挖，知不知道？」

「是可以啊。」我快笑死了，非常壓抑地說：「不過，你練好了沒啊？」

「……沒時間練啦。」

楊澤于現在的表情，肯定很不耐煩。

「等一下上飛機，還有十二個小時，分一點時間請空姐教你啦。哈哈！」

我掛掉手機，所有人都笑到飆出眼淚。

「那……等他回來應該是晚上了吧？」西瓜哈哈大笑說：「我再跟我老婆請一個晚上的假吧！我眞想看看那個書蟲的表情啊！」

剛剛夠了。

馬上又不夠了。

天完全亮了，唯一沒喝酒只喝烏龍茶的森弘載我們回學校拿自己的車，途中我們不顧森弘地呼呼大睡，完全不理駕駛孤單心情的感覺真爽。

之後，阿菁開警車回去正常值勤，西瓜跟森弘回家後洗了澡，幾乎又立刻出門上班。我回家睡覺補眠……職業選擇上的好處啊。

晚上十點半，我們又出現在學校後面的樹林裡。

比前晚的陣容又多了一個人，憤恨難消的楊澤于。

不過鏟子還是只有一把。

這次重回案發現場，全是楊澤于異常堅持、在近乎挾持我們友情的狀態下逼我們偷偷翻牆進校的結果。

雖然我們已經在接機的時候告訴他事情的眞相，不過特地回台灣參加挖洞儀式的楊澤于完全不理會，就只是歇斯底里地大叫，要我們還他一個正義。

「正義？啊？」我們的脖子同一時間歪掉。

「給我回去！立刻！馬上！Right Now！」楊澤于眞的生氣了。

是是是。

立刻，馬上，還Right Now咧。

大樹下，我們捲起袖子輪流鏟土。

同樣位置前晚才挖過一次，土質鬆鬆軟軟的，讓今天的開挖格外順利。

洞挖好了，汗也擦了，被楊澤于罵也罵過了。

在從機場開來的途中，我們已經想好了現在要幹嘛。

「喏。」我撕開一張紙，分成六等份。

各自找角落，用原子筆在紙上刻下十年內一定要完成的夢想。

對十年後的自己更新的期許，更新的想像。

「不是盡力，是一定要做到。」

我說，第一個將摺好的紙片塞進登山水壺。

「我是絕對沒問題的啦，哈哈，十年後又要獨贏了我。」

肥仔龍趾高氣昂，將紙片用力塞進。

「嘖嘖嘖，嘖嘖嘖。嘻嘻。」

阿菁神祕地憋笑著，快速丟進紙片。

「你們這些白痴，看到十年後的我不要太驚訝啊。」

西瓜竟然在冷笑，將紙片輕蔑地揉成一團塞進。

「神祕兮兮的，眞想立刻就知道你們寫了什麼。」

森弘小心翼翼將摺好的紙片放進去。

「聽好了，十年後你們要是敢再丟下我一個人……」

楊澤于恨恨不已，最後一個丟進紙條，用力栓緊水壺蓋。

「知道了啦！」我們五人不耐煩地大叫。

水壺輕輕放在時光洞穴裡，接受我們最後的凝視。

十年後的我們又將挖開這裡，展開新的冒險。

在這十年間，我們還有好多的快樂要擁有，好多的困難得戰鬥。

好多人要相遇，好多人要道別，好多人會幫我們，好多人會婊我們。

好多淚要流，好多笑要笑。

不管遇到什麼挫折，只要想起那天晚上登峰造極的煙火，什麼都不怕了。

十年後想成爲什麼樣的人，我們現在還可以再決定一次。

「準備好了嗎？」
大家面面相覷，嘆氣，然後點點頭。
阿菁拉開保險，我們慢慢拉下拉鍊。

——接下來就是限制級的畫面啦！

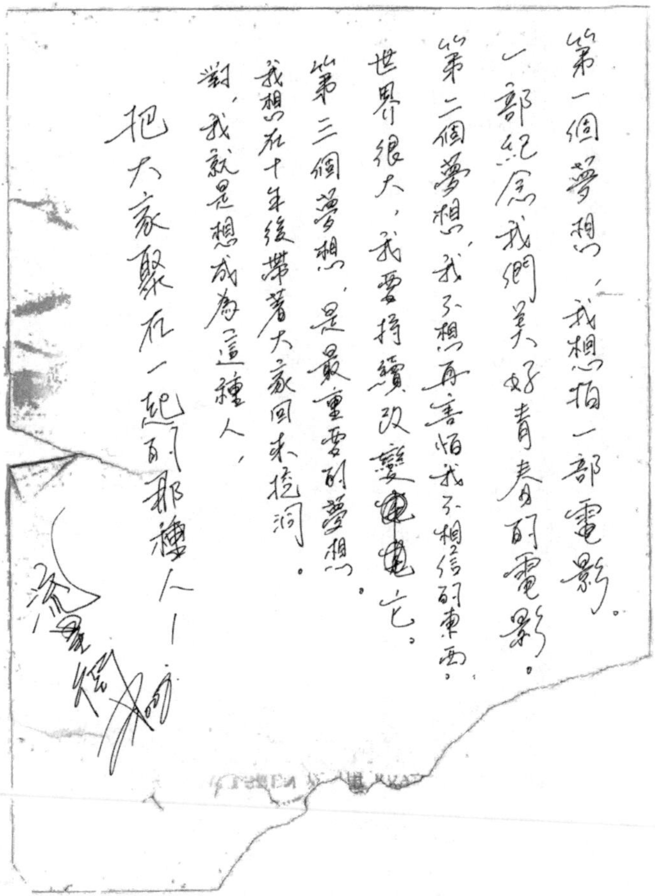
第一個夢想，我想拍一部電影。
一部紀念我們美好青春的電影。
第二個夢想，我不想再害怕我不相信的東西。
世界很大，我要持續改變它。
第三個夢想，是最重要的夢想。
我想在十年後帶著大家回來挖洞。
對，我就是想成為這種人，
把大家聚在一起的那種人！

The End.

後記

不是不想長大，是我的青春太棒

高中畢業那年暑假，我十八歲。

那年的夏天很熱，熱到讓人發瘋。

我跟著幾個持續不斷在我生命裡作祟的臭朋友，一起到了超級熱的澎湖。

永遠記得第一天晚上，我們騎著租來的摩托車在海邊跑來跑去，想做一點「很青春的事」，卻沒什麼天份，只是迎風瞎晃。

我提議不如迎著海風喝個啤酒吧，這樣很有大人的感覺。

一夥人於是興致高昂地拿著身分證跑去便利商店，各自買酒。

「買什麼酒好？」姑討呆呆地著很陌生的飲料櫃前。

「……嗯嗯。」我裝模作樣地看著不同品牌的啤酒，做出在考慮的樣子。

「柯景騰，你平常都喝哪一種啊？」勃起一副很有研究的表情。

「我啊，海尼根啊。」我唬爛。

「海尼根不錯啊。」殺人王打開飲料櫃，逕自拿了一罐。

於是我們幾個人都用非常酷的無表情姿態，各自都拿了一罐海尼根去付帳。

之後大家興沖沖騎車到碼頭，找了一個很酷的海堤坐下，打開啤酒大喊乾杯。

我嘿嘿嘿灌了一大口——賽咧，啤酒好臭好難喝啊！

原來所謂當大人，就是要假裝很好喝的樣子去喝這麼難喝的東西啊？

「還……還不錯。」我微笑。

「今天一定要喝醉！」P19哈哈笑。

「來來來，乾了啦！」殺人王大叫。

所有人嚷著要乾，卻都慢慢地喝，一小口一小口地喝。

過了半小時，誰也沒喝完。

倒是剩在罐裡的啤酒沒有氣泡，越來越難喝。

我到底是最誠實的人，拿著還沉甸甸的半滿啤酒，突然覺得自己很好笑。
「幹，其實啤酒一點也不好喝！」
我用力說出這句話的時候，有種終於爆發的解脫。
然後我將啤酒反手一倒，通通倒進海裡。
「……也是，好像沒有想像中好喝。」勃起淡淡地說，跟著將剩酒倒進海裡。
「太苦了。下次換一種牌子的吧。」姑討也悻悻地反轉手中啤酒。
一個接一個，大家都將屬於大人的啤酒倒進台灣海峽。
然後買可樂跟麥香紅茶回旅館狂歡。

我覺得我們很可愛。
在我們最青春洋溢的時候，最愛追逐屬於大人的一切。
後來不知不覺，我們在各自精彩糜爛的大學生活裡，養出一身好酒量。
等到我們越來越大，有人結婚了，有人生小孩了，有人還生了兩個小孩了，有人幹他媽的上《蘋果》頭版了，不再年少輕狂的我們卻開始逆向狂奔，想要向老天乞討回一點青春的感覺。

可以逆轉嗎？

不能。

但我們躺在線西海邊，一個個用胯下夾住沖天炮往天空發射的畫面，讓我覺得，偶爾硬是要跟自己證明自己「還可以過得很瘋狂」的那種掙扎滋味，眞不錯。尤其那天晚上勃起乾脆用嘴巴放沖天炮，超猛，完全就是嘴砲仙人的風範。

我們都徹底敗給了勃起，他最幼稚，所以最贏。

兩千零八年，我順利抵達三十歲的壘包。

三十歲了，好像跟青春沒什麼關係了，然而我卻一點也沒有三十歲的自覺。

我一直很任性的活著。

每次接到喜帖，看著那些跟我一起瘋狂過的好朋友一個個結婚、在人生橫衝直撞的軌跡中被迫穩定下來，都覺得那樣的人生跟自己無關，我還是很適合現在的狀態，不想改變。

想熬夜就熬夜。
想連續狂寫幾天小說就狂寫幾天。
想藉取材的鳥理由出國放風就出國放風。
想找人打麻將就找人打麻將。
想不刮鬍子就不刮鬍子。
想不穿內褲就不穿內褲。
想只穿內褲就只穿內褲……
想打就打啊！

常常週末我跟我的死黨僕人們一起打麻將，一邊聊著好久沒去哪裡玩、是不是要一起向各自的公司請假去做個短暫旅行時，就會出現以下的雞巴對話。

「我想請禮拜五的假，然後連著五、六、日玩三天。」阿和：「五筒。」

「吃。禮拜五人也很多啊，不如請禮拜一，去玩六、日、一三天吧！」老曹：「發。」

「我投六、日、一這三天一票，因爲我在圖書館上班，正常來講禮拜六都沒放啊，要是決定五、六、日的話我就要連請兩天了耶。柯景騰，你呢？」該邊。

「……我都可以。」我漫不在乎地說：「自摸。」

然後大家都會對我投以憎恨的眼神，讓我爽得要命。

有一度，我忍不住懷疑，是不是我沒有結婚，所以不會有「另一個人」來強制改變我隨性的生活。在這個想法底下，我是不是該畏懼婚姻？因為結了婚我就無法隨心所欲、過我一個人才能過的快樂人生？

但刻意抵制結婚，我肯定會錯過很多只有結了婚、才能體驗到的幸福生活。

怎辦？

總不能說「幸福是創作的墳墓」，我就死不結婚吧？

我這種笨蛋也想得到幸福不可以嗎！

後來我想起一件事，我才逐漸釋懷。

因為隨時隨地都想寫小說，所以我得揹著筆記型電腦到處跑。

過去八年來我一共換了十幾個電腦背包，看到更酷更帥的、或墊肩更軟更厚的、或靠背的泡綿更紮實的，我毫不猶豫就換。

換換換換換換換換，沒在管上一個背包到底用了多久，有的我甚至還沒發現夾層裡的密袋就被我遺棄，放在衣櫃的最上層。

那時我常常誤以爲，自己是一個喜新厭舊的人。還有點羞愧。

直到前一陣子，我不經意發覺到我現在正在用的電腦背包，已經用了快三年，我才震驚自己怎麼會守著同一個背包那麼久！

明明它的空間不是最大，但剛剛好。
明明它的夾層不是最多，但剛剛好。
明明它的樣子不是最帥，但剛剛好。
明明它的外表已經出現破損風霜，但……我喜歡它一路陪我的痕跡。

謝謝它堅強的存在，讓我對自己有了全新的想法——其實在遇到這個背包之前，我只是遇不到命中注定的背包罷了，才會沒定性地一直換一直換。

也許最後的這個背包對其他人來說充滿各式各樣的缺點，但它完全屬於我。

就夠了。

人生啊……

如果遇到了「那個女孩」，到時候我的人生被「強制往前推進」也不錯吧。

在那之前，我只要愉快地等待，快樂地放肆就行了吧，哈哈！

國家圖書館出版品預行編目資料

後青春期的詩／ 九把刀(Giddens) 作.
——初版.——台北市：蓋亞文化，
面； 公分. ——(九把刀・小說)

ISBN 978-986-6157-53-0 (平裝)

857.7 100013970

九把刀・小說 GS004

後。青春期的詩 2011新版

作者／九把刀（Giddens）
插畫／Blaze Wu
封面設計／克里斯
出版／蓋亞文化有限公司
地址◎台北市103承德路二段75巷35號1樓
電話◎（02）25585438 傳眞◎（02）25585439
網址◎www.gaeabooks.com.tw
服務信箱◎gaea@gaeabooks.com.tw
投稿信箱◎editor@gaeabooks.com.tw
郵撥帳號◎19769541 戶名：蓋亞文化有限公司
法律顧問／宇達經貿法律事務所
總經銷／聯合發行股份有限公司
地址◎新北市新店區寶橋路二三五巷六弄六號二樓
電話◎（02）29178022 傳眞◎（02）29156275
港澳地區／一代匯集
電話◎（852）27838102 傳眞◎（852）23960050
地址◎九龍旺角塘尾道64號龍駒企業大廈10樓B&D室
二版十八刷／2023年1月
定價／新台幣 250 元
Printed in Taiwan

GAEA ISBN／978-986-6157-53-0

GAEA

GAEA